サヨナラまでの30分
side:ECHOLL

大島里美

集英社文庫

CONTENTS

OUR 30-MINUTE SESSIONS

サヨナラまでの30分

side: ECHOLL

こじ開けられない扉はない

２０１３年、９月。

高校二年生の宮田アキは、森の中を駆けていた。

りんごから、そばへ。

長野県松本市のアルプス公園で毎年開催される野外音楽イベント『りんご音楽祭』、通称〝りんごフェス〟。メジャー、インデペンデント問わず、一五〇組を超えるアーティストが集まるこのフェスは、地元の音楽バカな高校生、アキにとっては夢のようなイベントだ。

「アキ！」

後ろから、幼なじみのヤマケンが背中を叩く。

金髪を揺らしながら、息を切らして、

「そば、まだ?」

同級生の森とシゲも、汗だくで追いついてきて、

「いま、何時?」

「そば、もう始まった?」

と、口々に聞く。アキは、「知らねっ」と叫んで、前を歩く人々をどんどん追い越していく。

りんごフェスには、各ステージに長野の名産品にちなんだ名前がつけられている。りんごステージ、きのこステージ、おやきステージ、わさびステージ、そして、そばステージ。

アキたち四人は、開場の三時間前から並んで、メインのりんごステージの最前列に陣取り、二組のバンドのライブを聴いた。二組目の最後の曲を聴き終えると、次の目当てのバンドが出演するそばステージに向かって走り出した。

そばステージは、会場を見下ろす高台にある。延々と続く坂道に息が上がる。

「待てって、アキ」

「お前ら、おせーよ」

待ってなんていられるか。だって、一音だって、聴き逃したらもったいないじゃない

か。

遠くから、歓声が聴こえた。やばい、始まる。さらにスピードを上げた次の瞬間、アキの右隣を、何かが通り過ぎた。

白いTシャツを着て、髪を一つに結んだ、高校生くらいの女の子。彼女は、アキを追い抜き、あっという間に引き離す。しなやかに、人の間をすり抜けて、山道を駆け上がっていくその姿は、

子鹿？

いや、ちょっと待て。高二男子が、全力で走ってるんですけど!?

女子に簡単に抜かれた自分が自分で面白くなってしまい、アキは笑いながらその子の背中を追いかける。音楽が大きくなり、視界が開けて、たくさんの観客の背中が現れた。ステージはまだ見えない。

彼女は、ぎゅうぎゅう詰めの人の間を器用にくぐり抜けていく。アキもそれに続く。奇跡のように空いたわずかなスペースにすべりこむと、ようやくそこで足を止めた。アキもその隣で足を止めた。

彼女の視線を追うように正面を向くと、高台から見下ろす方向にきらきらと照明が瞬くステージが見えた。

彼女は微笑み、音楽に合わせて跳ねる。

それを見て、アキも跳ねる。

追いついたヤマケン、森、シゲも声を上げ、手を挙げ、跳ねる。

アキは跳ねながら、右を見て、左を見る。

右隣には、バカで最高の仲間。

左隣には、まだ知らない彼女。

五人が一列に並んだ。

涼しい風が、森の奥からステージに向けて吹いて、アキたちの髪を揺らした。


「どーう、考えても、無理じゃね？」

フェスから三ヶ月後の放課後の教室。

金髪のヤマケンがギターを弾きながら、変なリズムで言う。

まだあどけなさが残る顔、派手な柄物のマフラーを巻いて、リスのようなくりくりした目でアキを見る。

「フェスで一回会っただけなんてさ」

「名前もわかんねーんだろ？」

そう言って、ベースをチューニングする森は、背が高く、穏やかな優しい目をしている。落ち着いた低いトーンの声で、

「地元の子じゃなかったら、完全アウト。な、シゲ」

話を振られたシゲは答えず、マイペースにコンビニの唐揚げを食べている。冬なのにTシャツ一枚。袖から覗くその腕は、細身ながら鍛え上げられていて、神経質そうな目は、近寄りがたさを醸し出している。

「そもそも、フェスに一人で来る女ってどうよ？」

「男四人で行った俺らよりはマシじゃね？」

「わ、確かに！　ま、いい加減諦めろよその子のことは」

「俺を誰だと思ってんの？」

アキが立ち上がった。制服のブレザーの中に着込んだ派手なオレンジのパーカー。はっきりとした目鼻立ちとスタイルの良さは、一瞬で人目を引く華がある。

アキは自信たっぷりに、言う。

「四拍子数えらんなかったヤマケンがギター弾けるようになったの、誰のおかげ？　森ちゃん、よそのバンドから引き抜いたの誰？　スタジオに一人で引きこもってたシゲ、お日様の下に引きずり出したのどこの誰よ？」

「出たよ」

「はいはい」

適当なあしらいも、アキはまったく気にせずに、

「俺さ、こじ開けられないドアってないと思うんだよね。ってことで、行ってくる」

「は？　どこへ？」

アキは、答えるかわりに機嫌よく鼻歌を歌いながら、ギターケースを背負い、一人教室を出て行く。

校門の前に立ち、アキはポケットからあるものを取り出した。

手のひらほどの機械。

それは、ポータブルカセットプレイヤーだ。

小さい頃から、アキにとって最高の宝探しは、家の押入れのボックスにしまわれた、たくさんのカセットテープだった。父親が中学生の頃、おすすめの曲を集めたミックステープを作って、母親にプレゼントしていたらしい。

両親が仕事で一人留守番の時、手書きのタイトルだけを頼りに選んだカセットテープを、父が使っていたカセットプレイヤーに入れて聴くのが、アキの楽しみだった。

同世代でカセットテープを聴いている友達なんていなかったから、学校に持っていけば、「なにそれ?」と珍しがられ、「それって昭和のやつ?」「でかくね?」「重くね?」なんて、からかわれたりもした。

けれど、カセットプレイヤーのごつごつした感じも、カセットテープのプラスチックの質感も、持った時のちょうどいい重さも、ケースに手書きで書かれたタイトルと曲目リストも、アキはみんな好きだった。

何より、くるくる回るテープを見つめていると、自分の手のひらの上で、音楽がまさに今、生まれているような感覚がして、胸が躍った。

いまアキの手の中にあるのは、ピンクのカセットプレイヤー。父が、昔母にプレゼントしたものだ。

そして、ポケットからもう一つ取り出したのは、『2013 RINGO FES』という手書きのタイトルのカセットテープ。

顔を上げると、校舎から女子が一人、歩いてくるのが見えた。

制服の胸元に結ばれたリボンの色は、一年生。

誰とも群れずに、ひとりヘッドフォンで音楽を聴きながら、アキの右側を通り過ぎようとする。

「『村瀬カナ』」

彼女――カナは、話しかけられたことに気づき、振り向いた。聴こえなかったのか、ヘッドフォンを外し、

「何ですか？」

アキに向けた意志の強そうな大きな瞳は、警戒の色に満ちている。

アキはかまわずに、

「めっちゃ探した。正直ちょっと無理かと思った。教室のベランダで『はーあ』って息ついてたら、グラウンドで長距離走ってんの見えて。やっぱ、すっげー、足速いね！」

カナはしばらくアキを見つめた後、何も言わずに行こうとする。

「ちょっと待って！」

アキは素早くカナの前に回り、

「はい。あげる」

カセットテープとプレイヤーを差し出すと、カナは興味を持ったように、じっとテープを見つめた。

「なんか、楽器やってる？」

「え？」

「ま、やっててもやってなくても、なんでもいーわ」

どういうこと、と、視線を上げたカナと目が合うと、アキは言った。

「バンドやろう。一緒に」


2018年、9月。

松本市の郊外にある今は使われていないプールにアキはいた。

二十五メートルプールが八レーンあり、もう何年も水の張られていないプールの中の青い塗装は、ところどころ剝げている。

周囲は金網にぐるりと囲まれ、ロッカールームから通じる入り口には、『立ち入り禁止』の札とともに、錆びた鍵がかけられている。アキはいつも、金網をよじ登って中に侵入していた。ここは、アキの秘密基地だ。

プールサイドに座った二十一歳のアキは、『ECHOLL』と書かれたカセットテープをプレイヤーに入れ、RECボタンを押して、さっき思い浮かんだばかりのメロディを鼻歌で歌う。

録音の赤いランプが点滅し、テープが回っていく。

昨日のリハではみんなを怒らせてしまった。深夜三時までダメ出しを続けたら、全員スタジオから出て行ってしまったのだ。

全く手がかかる。

できてねーからできてねーって言ってるだけだろ。あいつらきっと、今頃必死こいて練習してんだろうな。

でも、今夜のリハはなんとかなるだろう。

アキはいたずらっ子のように笑って、今年のりんごフェスのフライヤーに目をやる。

明日の初日〝そばステージ〟の出演者には、アキたちのバンド、『ＥＣＨＯＬＬ』の名前があった。

と、水滴がフライヤーに落ちて、染みを作った。

見上げると、空からぽつぽつと、雨が降り出していた。

アキはカセットプレイヤーをギターケースの外ポケットに入れると、金網をよじ登り、外の道へ出た。

雨はどんどん強くなり、アキは走り出した。

今は降ってもいい。明日は絶対晴れてくれよな。

ま、俺が歌うんだから、晴れないわけがないか。

アキが晴れ男をアピールするたびにカナは、「自分が天気操ってるって、ホントに信じてるし」と笑うけれど、アキは、本気で思っている。

信じればそれは本当になるし、こじ開けられない扉はない。

だって五年前のフェスの日、五人が一列に並んだあの瞬間、信じられたから。

この五人で、いつか、あのステージに立つんだって。

横断歩道の信号が点滅を始め、アキは勢いよく道路に飛び出した。左側から激しいクラクションの音が空気を切り裂いた。

カセットテープと秘密基地

２０１９年、７月。

松本市のある中小企業で新卒採用の集団面接が行われていた。

会議室の中に、面接官が四人。向かい合うようにして、リクルートスーツの大学生が六人。面接官の質問に、一番端の男子学生が立ち上がり、笑顔でアピールをする。

「個人で面白い記事を作って紹介するメディアを立ち上げてまして、今は閲覧数８万６０００ｖｉｅｗ、ツイッターのフォロワー数は五四三八人います」

「それはすごいですね。じゃ、次の方」

隣の学生が立ち上がった。すこし猫背の背中、伸ばしっぱなしの前髪が半分目を隠している。

「信成大学四年、窪田颯太です」

「じゃあ、窪田さん。大学時代、印象に残っている友人との思い出を教えてください」

「友人は、いません」

「えっと、一人も？」

「はい。あえて友人を作らないことで、他人との無駄な付き合いにペースを乱されず仕事に集中できる自信があります」

　淡々とそして堂々と言い放った颯太に、面接官は、ぎこちない笑みを浮かべた。

「ありがとう。じゃ、次の方」

　腰を下ろしながら、颯太は思う。

　また何か、しくじったんだろうか。


　面接が終わり、エレベーターホールに来ると、集団面接で一緒だった学生たちが「緊張しましたねー」などと言いながら、連絡先を交換していた。ネットメディアを運営していると言っていた学生が颯太に気づくと、

「グループ入りません？」

　と、声をかけてきた。

「みんなで今後の情報交換とかできればって」

「あ、大丈夫です」

颯太は即答する。

「え？」

「受かるかわからない人たちで情報交換しても、意味ないと思うので」

その言葉に場の空気が凍りつく。気にせず、颯太はエレベーターの下ボタンを押す。

と、スマホにメールが届いた。

『末筆ながら、貴殿のご活躍をお祈り申し上げます』

またか。

画面には面接を受けた企業からの不採用通知がずらりと並ぶ。筆記試験は通っても面接は毎回、一次で落とされてしまう。

エレベーターに乗り込んで、ひとりになると、颯太は、ふう、と息を吐いた。


自転車のペダルをゆっくりと漕ぎながら、郊外へと向かう。

人生は理不尽だ。

さっきの面接だって、そうだ。

面白くもないネット記事をアップして喜んでいる承認欲求ばかり強い学生より、自分の方が会社に入れば、淡々と黙々と効率的に働くはずなのだ。企業はそういう人材を選ぶべきなのだ。それが何故だか伝わらない。

そして、またエントリーシートからやり直し。

こんな先の見えない苦行が、いつまで続くのか、見当もつかない。

ため息をつきながら、自転車を停めたのは、街はずれの今は使われていないプール。

子供の頃に見つけた颯太の秘密基地だ。

いつものように金網の切れ目をくぐって中に入ろうとすると、風が吹き、木の葉を舞い上げた。

ん？

見慣れないものが視界に入る。

近づいて、落ちていたものを拾い上げる。

それは、土埃(つちぼこり)のついた、手のひらほどの大きさの機械だった。

水の張られていないプールの中に、ひとつ置いたベンチは、颯太の特等席。

メッセンジャーバッグからパソコンとヘッドフォンを取り出したところで、ふと、さっき拾ったものに目をやった。

手に持ってあちこち見ていると、前側がパカッと開いた。

中に入っているプラスチック製の四角いものを取り出す。これ……カセットテープか。存在は知っていたけれど、触るのは初めてだ。透明のプラスチックの中に、黒いテープが巻かれているのが見える。

すごく、単純な作りなんだな。

前面にはシールが貼られ、手書きで『ＥＣＨＯＬＬ』と書かれている。

エコー……ル？　これ、聴けるのかな。

颯太は、カセットテープをプレイヤーに戻すと、再生ボタンを押した。

サーッというテープのノイズの音。

風が吹いて、颯太の前髪を揺らした。

「ん？　え、俺無事？」

颯太は、自分の体を抱くようにして確かめる。

「あれ？」

左右を見回して、自分がプールにいることに気づくと、

「え、寝た？　俺？　うわ、やべっ！」

颯太は、慌てた様子でカセットプレイヤーをポケットに突っ込み、プールサイドに上

がり、金網をよじ登って越え、駆けていく。

そんな様子を、プールの中、ベンチに座った颯太が見つめていた。

なんだ、いまの。

あの人、急にどこから。

なんか……僕に似てなかった？

手元を見ると、持っていたはずのカセットプレイヤーが消えている。

え？

落としたのかと、足元を見回し、立ち上がってベンチの後ろまで見ても、どこにもプレイヤーはない。さっき、この手で再生ボタンを押したばかりなのに。

言いようのない不安に襲われ、とりあえず今日のところは帰ろうと、パソコンを片付けようとすると、パソコンを、持てない。

「え？」

もう一度パソコンに手を伸ばすが、パソコンに触れた指の先がノイズがかかったように半透明になり、まるで感触がない。

「え……」

颯太は立ち上がり、今度はメッセンジャーバッグを持とうとする。

同じだ。

触れようとする指は半透明になり、触れられない。

え？　え？　え？

颯太はパニックになりながら、その場をうろうろと歩き回る。

落ち着け。落ち着け。落ち着け。

そうだ。とにかく。いったん、帰ろう。

颯太はプールサイドに上がると、金網の切れ目から外に出た。自転車に目をやって、もはや祈るような思いでハンドルに手をかける。だが、颯太の手は、ハンドルを握ることができなかった。

二十分ほど走って、ようやく家にたどり着くと、ちょうど玄関先に、会社帰りの父親がいた。

「父さん」

だが、父の修一（しゅういち）は颯太の方を見ようともせず、玄関の戸が閉まっているのが分かると、

「なんだ。まだ帰ってないのか」

鞄（かばん）から鍵を取り出そうとする。

「父さん、あのさ、なんか体調が」

「あれ、鍵はどこいったかな」

「……あの。聞いてる？」

「あったあった」

修一はまるで颯太の存在を無視して、玄関の鍵を開けると、中に入っていく。

「ちょっ」

後を追うが、戸が颯太の鼻先で閉まる。開けようとして、気づく。

やっぱり、触れられない。

いや、触れられないどころか、いまの父さんの様子……

僕が、見えてない？


めまいを覚えながら、商店街を歩く。

「あの」

よく行く惣菜（そうざい）屋のおじさんに話しかけても、まるで颯太を見ない。

向こうから歩いてきた部活帰りの女子中学生たちの前に立ちふさがっても、誰も颯太を見ない。

誰にも見えない。聞こえない。

それを確信すると、ぞっとして、思わず颯太は自分の体を抱きしめた。

と、通りの向こう。『栞屋（しおりや）』という看板が出された古本屋の前に、見たことのある人物を見つけた。

グレーのポロシャツ、ベージュのパンツ、もう三年は履いているスニーカー、半分目を隠す、うっとうしそうな長い前髪。

あれは……僕？

唖然（あぜん）として、もう一人の自分を見つめる颯太の前を、一人の女性が通り過ぎた。

長い髪に意志の強そうな瞳。

たくさんの玉ねぎが入った紙袋を胸に抱え、栞屋の方へ歩いていく。

「カナ！」

もう一人の颯太が彼女に駆け寄った。

「リハ行けなくてごめん！　なんか俺寝ちゃったみたいで。スタジオ行ったんだけど、もう誰もいなくて……あれ？　俺、声おかしくね？」

カナと呼ばれた女性は、紙袋を抱きかかえて固まったままだ。

もう一人の颯太は、かまわずまくし立てる。

「あれ、今日もしかしてカレー？　カナんちのカレー、最強だよな！　あ、俺手伝う、玉ねぎキラキラになるまで炒めるやつ、俺やるわ」

ようやくカナが口を開いた。

「……誰」

警戒心いっぱいの眼差し。もう一人の颯太は嬉しそうに、

「もーう、まだ怒ってんの？」

そう言って、カナに抱きついた。

「はいはい、ごめんねー」

カナの背中を、ぽんぽんと叩く。

「ちょっとっ！」

カナは振りほどこうと、必死でもがく。

目の前で繰り広げられている光景を、颯太は信じられない思いで見ていた。

何をしてるんだ、あの人は。

あの僕は。

どう見ても、犯罪じゃないか。

とにかく……僕を止めないと！

颯太が近づこうとした時、サーッというテープのノイズが聴こえた。

次の瞬間、颯太はカナを抱きしめていた。

「……え？」

柔らかな感触。そして、いい匂い。

「はなしてっ！」

突き飛ばされて、地面に倒れる。

カナは店の中に駆けこむと、鍵をかけ、奥に消えた。

颯太は、打った腰の痛みに顔をしかめる。

……何なんだ。

もう……何なんだよ。

腰をさすりつつ、その手には、生まれて初めて女性を抱きしめた感触が、まだ生々しく残っていた。

……感触？

颯太は自分の手を見つめ、ポケットから落ちた自転車の鍵を拾う。キーホルダーの輪に人差し指をかけると、冷たい感触がして、わずかな重みを感じると同時に、鍵は地面から持ち上がった。

「持てた……」

ホッと息をもらす。立ち上がり、鍵をパンツの後ろポケットに戻そうとすると、中に入っていた機械に指が触れた。

え？　これって。

その時、颯太の後ろから、

「誰、お前？」

聴いたことのない声がした。

振り向くと、長身の男が颯太を見ていた。

オレンジのTシャツに紺のジャケット。

きりっと整った目鼻立ちの男は、前髪をかきあげながら、颯太を見つめる。

「俺が抱きしめたら、お前が抱きしめてて……え、こわっ、どゆこと？　お前、カナのなんなの？」

「何なのって……僕だって何が何だか……そうだ」

颯太は、ポケットに入っていた機械を取り出す。

それは、プールで拾って、突然消えた、あのカセットプレイヤー。

再生は止まっている。

おかしなことが起きたのは、これを再生させてからだ。

「は？　それ、俺の？」

男が覗き込んでくる。

「うわ、汚ね！　なんでこんな汚れてんだよ！」

颯太は、再生ボタンを押した。

サーッというテープの音。

次の瞬間、颯太は男のいた位置に立って、カセットプレイヤーを手にしたもう一人の颯太を見つめていた。

「え？」

「え？」

颯太は、もう一人の颯太を指差す。

「僕……？」

もう一人の颯太はそれを見て、自分を指差す。

「俺？」

もう一人の颯太が、栞屋のガラス戸を見る。

そこに映ったのは、

「は!?　俺、お前!?　俺、お前になってる！」

ガラス戸の前で、手や顔などを動かすもう一人の颯太を見て、

「あなた……さっきの人ですか？　さっき、僕に『誰、お前』って話しかけてきた」

「そーだよ！　俺っ、お前じゃねーよ！」

「じゃ、誰？」

「俺？　宮田アキだよ！」

「みやたあき？　……誰？　知りませんけど！」

「俺だって知らねーよっ！　お前こそ誰だよ！」

……僕？

目の前に僕の姿の男がいるなら、僕は今、一体どうなってるんだ？

おそるおそるガラス戸の方を見る。

そこには、何も映っていない。

どれだけ近づいても、颯太の姿は、ガラス戸に映らなかった。

♪


次の日。

宮田アキは大学の大教室にいた。

教授が講義を進める中、教壇のすぐ前に仁王立ちして、腕を組む。

うーん。このシチュエーション、どうしたもんか。

一番前の席に座った颯太の手元を覗き込むと、スマホで新聞記事を読んでいた。

地元新聞の記事。日付は、一年前だ。

『若手ミュージシャン、フェス出演直前に事故死』

『松本市出身のロックバンド「ＥＣＨＯＬＬ」のボーカル・宮田アキさん（21）、搬送先の病院で死亡が確認』

『同バンドは同じ高校に通う五人で結成され、地元ファンに絶大な支持を得る。1月にミニアルバム「ＥＣＨＯ」でメジャーデビュー。りんご音楽祭への出演が決まっていた』

「俺、死んでんだけど！」

颯太の隣で授業を受けているカップルに話しかけてみる。

アキの顔がすぐ目の前にあっても、二人は全く気づかない様子で、いちゃついている。

「ねえ！」

反応がないので諦め、颯太に近づく。颯太は、アキの顔が目の前に来ると、ファイルをぶんぶんと振って、追い払う。

カップルが颯太を見て「やばくない？」と、顔を見合わせた。

「つまり、こういうことだろ？　一年前に俺が死んで、昨日お前が、あのカセットテープを再生させた。そしたら、俺が、お前になった」

「……ストレスだな」

颯太は、アキから目をそらし、こめかみを押さえる。

「で、テープが片面三十分再生して止まると、俺は、お前の体から抜け出て……」

アキは颯太のスマホに手を伸ばす。触れた指先がノイズがかかったように半透明になり、触ることができない。

「俺、幽霊？」

「…………」

颯太は両手でこめかみを押さえたまま動かない。

「ねえ！」

颯太は突然立ち上がり、教科書やファイルをかき集めると、アキから逃げるように教室を出て行く。

「おいっ！　待てっ！」

きっと、就職活動のストレスだ。

思ったより、積み重なってたんだ。

就職さえ決まれば、こんなありえない現象は消えるに決まってる。

一刻も早く、内定をもらわないと。

颯太がぶつぶつとつぶやきながら、就職センターの廊下を早足で歩いていると、後ろからアキの声が追いかけてきた。

「死んだかー、まじかー、俺死んだかー」

アキは、悠然と颯太の後をついてくる。

「でも、生きてるよね？　ほら」

颯太は急に方向を変えて、逃げようとする。

アキは、すばやく颯太の前に回り込み、

「ね？　ね？　死んだのに生きてるよね？　ねえ、なんで？　ねえ」

「知るわけないでしょ！　何で僕に聞くんですか!?」

颯太の声に周囲の学生たちが振り返る。

アキの姿は、颯太にしか見えない、聴こえない。

あぶないものを見るように、学生たちが颯太から距離を取っていく。

気まずさに、颯太が出口に向かおうとすると、

「どこでもいいんです」

聞き覚えのある声がした。

相談カウンターで職員と話しているのは、古本屋の前で会ったあの人――

「カナ」

アキも気づいて、呼びかけた。

職員の女性は、困惑した様子で、

「いや、どこでもいいってことないでしょう。余計なお世話かもしれないけど、音楽はもういいの？　ほら、あなたのバンド、たくさんファンがいたじゃない。うちの息子

も」

「バンドはもう解散したので」

「は？　解散？」

アキが声を上げる。

カナは、前向きな表情でカウンターに身を乗り出す。

「どこでもいいので、とにかく忙しいところに就職したいんです。体力には自信あって」

キャンパスを歩いていくカナをアキが追いかける。

「解散ってなんだよ？　誰が決めたんだよ、カナっ！」

アキは、学生たちの間を抜けて、カナに追いつく。

「おいっ、カナ」

カナの肩を摑(つか)もうとするが、その指先はすり抜けた。

カナにも触れられないことに、アキは少しショックを受けたようだった。

「……カナ！」

アキの声は届かず、カナは去っていく。

遠ざかるカナの背中を呆然と見つめると、帰宅する学生たちが行き交うキャンパスの真ん中で、アキは突然、叫ぶ。

「俺のこと見える人、聞こえる人!?　……はいっ！」

手を挙げたアキの両脇を、学生たちが素通りしていく。

「ここ……地獄？」

立ちすくむアキを校舎の陰から見ていた颯太は、アキに見つからないように、こっそりと大学を後にした。


その日の夕食は湯豆腐だった。

颯太は、颯太が幼い頃に建てられた家で、父親の修一と二人暮らしだ。

颯太も修一も几帳面な性格で、掃除も洗濯も自分のことは自分でやる、というスタイルが定着しているが、食事だけは、修一が作っている。

そして、二人とも無口な性格なので、食卓には、たいてい沈黙が流れている。

「……就職、どうだ」

この日は珍しく、修一が話しかけてきた。

「別に」

そっけなく颯太が言うと、修一は、颯太の様子をうかがいつつ、さらに続ける。

「……お父さんの会社の上の人に相談してみようか？」

「大丈夫だから」

颯太が遮るように言うと、修一はそれ以上何も言わず、豆腐をつついた。颯太も無言で豆腐を口に運ぶ。

就職活動は全然上手く行ってない上に、幽霊が見えるようになった。そんなこと、誰に相談できる？

そんな状況でも明日はまた、勝ち目のない面接に行かなきゃいけない。

思わず漏れそうになるため息を、修一に聞かれまいと、豆腐と一緒に飲み込んだ。


面接を受ける部屋の外の廊下で、順番を待っていると、

「みーつけた！」

アキが近づいてきた。颯太は視線をそらす。

「いやいや、見えてるっしょ、思いっきり！」

颯太は無視を決め込むが、アキはしみじみと嬉しそうに、

「いいなぁ、人と話せるって」

颯太は聞こえていない、とアピールするように床の一点を見つめる。

「お前だけなんだよ、俺が見えてんの！　ちょっと体貸して！」

「は？」

反応してしまった。

「だから！　話したい奴がいるから、再生してって言ってんの、あのテープ」

「もう黙っててください」

小さい声で言ったつもりだが、隣の学生が「え？」と反応した。

「はあ？　ちょっとぐらいいいだろ！」

「僕には関係ないです。他人ですし、時間の無駄です」

早口でつぶやく颯太の様子を見て、隣の学生はまた前を向いた。

「ありがとうございました！」という声がして、扉が開き、面接を受けていた学生たちが外に出てきた。

次は颯太たちの番だ。

颯太は自分を落ち着かせようと、指を組んだり離したりする。

そんな様子を見ていたアキは、

「苦手なんだ？　面接」

見透かしたような視線を投げてくる。

「俺トークには自信あるから。やらせてみてよ。試しに」

「……は？」

面接をする部屋の中から、「次の方たち、どうぞ」という声がした。

「俺、バイトの面接、落ちたことないし」

「バイトの面接とは違うんです」

「で、ですよねー」

隣の学生が言って、立ち上がる。アキは続ける。

「落ちて、またエントリーシート書くの？」

「………」

「それって、スッゲー、『時間の無駄』じゃね？」

「お入りください」

颯太も立ち上がり、学生たちに続く。

が、その足が、部屋の手前で止まった。

颯太は、カバンを開けると、カセットプレイヤーの再生ボタンを押した。

大学のカフェテリア。

お気に入りの隅っこの席で、颯太が日替わりランチを食べていると、メッセージアプリにメッセージが届いた。

『こないだの面接めちゃウケました。そーた君、最高！　情報交換よろしくです。飲み会もぜひ！』

すぐに友達から削除する。

「あーっ、何すんだよ！」

抗議するアキに、

「人のスマホで勝手に他人とつながらないでください」

「せっかく友達作ってあげたのに。じゃ、よろしくな！」

「よろしく？」

「約束しただろ。面接めちゃ盛り上がったじゃん、俺のおかげで」

確かに、アキに代わってもらった面接は大いに盛り上がった。

「知ってます？　ラッコって交尾する時、オスがメスの鼻を噛（か）むらしいんですよ。ほら、海の上だから、流されないように。あ、ちなみに寝る時は、コンブ巻きつけて寝るらしいですよ、流されないように」

颯太に入ったアキは、人懐っこい表情で話し続ける。

「で、コンブがない水族館では、手をつないで寝たり。そう、めちゃくちゃ可愛いんですよ。で、その交尾の時、たまにオスがメスの鼻を強く噛みすぎて、その傷が原因でメスが死ぬらしいんですよ。俺、その話知ってから、ラッコ嫌いになっちゃって。だって酷(ひど)いじゃないですか、メス、かわいそうじゃないですか。でも、ある日彼女が言うわけですよ。『水族館行きたい』って。彼女が行きたいって言うなら連れて行くじゃないですか。案の定、『あ、ラッコ！　かわいいー』って。俺、その時、ラッコ夢中で見てる彼女の隣で、何でか分かんないんですけど……彼女の鼻ばっか見ちゃって」

颯太からしたら全く就職には関係ないエピソードを話しているようにしか見えないのだが、面接官も学生たちもアキの話には身を乗り出し、笑った。

グループディスカッションでは、アキは真っ先に他の学生全員の名前を覚え、リーダーシップを発揮して場を盛り上げつつ、

「あ、原(はら)さん、何か言いたそうな顔してる！　いやいや、絶対、なんか思いついた顔してたもん！」

おとなしい学生も意見を言えるように背中を押して、みんなが納得する結論に鮮やか

に導いてみせた。

——だからって。盛り上がれば何でもいいってわけじゃないだろ。採用面接なんだから。

なんだよ、ラッコの交尾って。

どう考えても、アキに代わってもらったのは、間違いだった。

「助かっただろ？　次は、お前が俺を助ける番な！」

得意げにそう言われて、颯太は、カセットプレイヤーを取り出す。

「あなたはこれに触れられない。つまり、僕が二度とこのテープを再生させなければ、あなたに体を乗っ取られることはない」

「まあ、そうね」

「ご愁傷様でした。成仏してください」

「はあ？　話、違くね!?」

「そもそも、この呪いのテープを拾ったのが間違いだったんです。これは落ちてた場所に返しておきますから」

「呪いって！　ていうかお前、あのプールで何してたの？」

「……関係ないでしょ」

ランチを片付けようとすると、またスマホが鳴った。メールのタイトルは、『二次面接のお知らせ』。

アキが代わりに面接を受けた企業からだった。

初めて一次面接に通ったのだ。

「よかったな」

アキが笑う。

「……別に」

「は？　あの会社入りたいんだろ」

「今の時代、どこに入っても同じです」

「なんだよそれ。やりたいことはないわけ？」

「ないですね。どこかに就職決まって、給料もらって、生きていければそれで」

「なんだよ、それ」

アキは、どこか不満そうに言うと、

「ま、そんなに就職したいなら、この先も面接、協力してやらないこともないけど？」

試すように、颯太の目を覗き込んでくる。

「あ、返事はいつでもいいよ。俺、このまま一生ずーっとそばにいるから」

「え……一生？」

「言っとくけど、俺、ポジティブだよ。どうする？」

颯太は、テーブルの上のカセットプレイヤーを見つめた。


♪


再生ボタンが沈み、サーッというテープのノイズがして、風が吹く。

その瞬間、アキは颯太になる。

その朝。颯太の姿になったアキは、栞屋のガラス戸に姿を映して、前髪をかきあげた。

戸の内側のカーテンが開き、ジョギングウェアのカナが顔を出す。

「おはよ！」

アキが言うと、カナはあからさまに迷惑そうな顔をして、外の道に出ると走り出した。

「ジョギング始めたの？　朝、弱くなかったっけ？」

アキが走って追いつくと、カナはスピードを上げる。

アキもスピードを上げて、並んで走り、

「ね、びっくりするかもしれないけど、言っていい？　……俺、アキ。アキだよ、アキ！」

その名前に、カナの眉がぴくっと上がる。

「バンド解散ってなんだよ。フェスに出る約束は？」

「……あいつのファンなの？」

カナが冷たい声で言った。

「『あいつ』？」

「めんどくさ」

カナはつぶやいて、さらにスピードを上げる。

「ちょっと！　待って」

アキも全力で追いかけるが、すぐに足はもつれ、思ったように前に進まない。

「カナっ、待ってってって！」

息が切れ、脇腹が痛い。カナの背中はすぐに遠ざかり、道を曲がって見えなくなった。

カチッという音がして、再生ボタンが上がる。

テープが止まると、脇腹を押さえ、道に転がったのは、颯太だ。

「はあっ、人の体っ、乱暴にっ、使わないでください」

「体力ねーなあ！　お前」

アキは呆れたように颯太を見下ろす。

「よし次、行くぞっ」

「次？」


「おー、いるいる」

アキは嬉しそうにカフェの中を覗き込む。

松本城の近くにある『やまびこカフェ』。

バンドメンバーの森の父親が経営するカフェで、アキたちのたまり場だという。

颯太もアキの隣に立ち、中を覗く。

大きなガラス戸から見える店内は、ウッディな内装で、キッチンに面したL字型のカウンター席に、四人掛けのテーブル席が二つ。壁にはイベントのフライヤーが貼られていて、店の奥には、茶色いアップライトピアノが置いてある。

「あのクールにカッコつけてんのが、ベースの森ちゃん」

カウンターの中で、黒いシャツの背の高い男が、フランスパンのサンドイッチを作っている。

「あの不機嫌な顔がデフォルトなのがドラムのシゲで、手前の金髪おしゃべり野郎がギターのヤマケンな」

カウンター前のテーブル席では二人の男がビールを飲んでいる。

「ったく、あいつら俺がいないからって、昼からグダグダ飲みやがって。んじゃ、再生よろしく！」

「確認ですけど、就職決まるまでですからね」

「わかってるよ」

「それと、僕の体でアキだとか言っても誰も信じないと思いますよ」

「わーかってるって！　再生！」

颯太は、ため息をつきつつメッセンジャーバッグを開けると、カセットプレイヤーの再生ボタンを押した。

「行ってきまーす」

颯太になったアキは、前髪をかきあげ、店の中に入っていく。

本物の颯太はそのまま、外の道から店の中を見つめる。

アキに体を貸した颯太は、普段のアキの状態と同じで、アキにしか見えないし、ガラスにも鏡にも映らない。

つまりは、幽霊に体を貸している間は、僕が幽霊になるってわけか。

店の中に入った颯太の姿のアキは、馴れ馴れしく元バンドメンバーの三人に話しかけている。三人の表情が、どんどん不穏なものに変わる。

これ、またダメなパターンじゃないか？

颯太が不安げに見つめていると、アキとバンドメンバーたちの動きが、一瞬、一時停止したように止まった。

「え？」

そこから、景色が、巻き戻っていく。

……なんだ、これ。

目の前に見えたのは、店のアップライトピアノを弾く高校の制服姿のカナ。カナと同じ椅子に背中合わせに座って、エレキギターを弾く制服姿のアキ。

ヤマケンがアコースティックギターを弾き、森がベースを弾き、シゲがドラムの代わりに、カホンでリズムを打つ。

しばらくその場面が再生されると、景色が止まり、さらに巻き戻っていく。

次に見えたのは、カセットテープをカナに渡すアキ。カナがケースを開けると、手書きの歌詞カードが挟まれている。

歌詞カードを見ながら、イヤホンでアキの作った曲を聴いて微笑むカナ。そんなカナの表情を見て、嬉しそうに笑うアキ。

その場面が、一時停止し、さらに巻き戻る。

店のメニューボードに、いくつものバンド名候補を書くアキたち。メンバーが誰も譲らず、バンド名会議が紛糾すると、アキが、『ＥＣＨＯ（やまびこ）』と『ＥＮＣＯＲＥ（アンコール）』をマルで囲み、イコールで引っ張って、『ＥＣＨＯＬＬ（エコール）』と書く。

カナが赤いペンでそれを囲み、「決まり！」と書き足す。五人は顔を見合わせ、笑う。森がパソコンで『ＥＣＨＯＬＬ』のロゴデザインを作っていく。

これは……過去？

颯太は、目の前で再生される場面を見つめながら、その中にいるカナを目で追う。

カナは、無邪気に、とても楽しそうに、笑っている。

「嘘（うそ）じゃないって！」

アキの声が聞こえて、ハッとすると、店内の様子は元に戻っていた。壁には、森がデザインしていた『ＥＣＨＯＬＬ』のロゴが入ったポスターが貼られている。

「いや、森ちゃん、ホントに俺だから！」

颯太の姿のアキが、バンドメンバーの三人に店の外に押し出されてきた。

「ちょっ、シゲ！」

「じゃーねー」

ヤマケンがドアを閉める。

「ヤマケン‼　違っ、俺だって‼」

アキを颯太は冷めた目で見る。

……学ばない人だ。


その日の夜。

「ま、お前の顔だし、あいつらからしたら他人だからな。見てろって。俺にこじ開けられない扉はない」

颯太の部屋のソファでくつろぎながら、アキは自信満々に言った。

八畳ほどの部屋は、壁際にシングルベッド、向き合うようにソファと勉強机。ベッドカバーもカーテンも青でまとめられ、几帳面に整頓されている。

アキからすると、シンプルすぎて、ちょっとつまらない。

「一ミリも懲りてないんですね」

ベッドの端に腰掛けた颯太が冷めた様子で言う。

「どこから湧いてくるんですか、そういう自信」

「自信？」

そんなの決まってるだろ。

「あいつらが、俺のバンド、捨てるわけがない」

「そうですか」

颯太は興味がなさそうに、

「……あの、そろそろ。時間も時間なので」

「だな。そろそろ寝るか」

答えると、

「は？　うちに泊まるんですか？」

目を丸くする。

「今更何？　面接ある時、俺いないと困るでしょ？　おやすみなさーい」

答えは待たずに、ソファに寝転がった。

颯太が苦々しい表情で見てくるのを無視していると、はあ、というため息が聞こえた。

ゴソゴソという音に、少しだけ顔を上げて見ると、颯太は、カゴから洗濯ヒモを取り出し、天井のフックに通そうとしている。

「え、何やってんの？」

「他人と長時間同じ空間にいるのは苦痛なので」

通したヒモにシーツをかけ、颯太のベッドがアキがいるソファから見えないように目隠しをする。

「はあ？　そんなんで、どうすんだよ、彼女できたら」

「なんで彼女いない前提で話してくるんですか？」

ムッとした顔で即座に切り返してくる。

「え、いるの？」

「いません」

いないのかよ。

「彼女とかコスパ悪いし興味ないです」

「コスパ？　そーいうことじゃないだろ」

「とにかく。こっちに一歩でも入ってきたら、もう体は貸しませんから」

「はいはいはいはいはい！」

ああ、めんどくせえ。

よりにもよって、唯一、体を貸してもらえるのが、こいつとは。まったく、手がかかる。

でも……俺、めんどくせえ奴、得意なんだよね。

アキは小さく笑ってソファに寝転がると、目を閉じた。

数分後。

ベッドに座った颯太は、シーツの隙間からアキの様子を窺う。アキは目を閉じたまま動かない。

幽霊も一応、寝るんだな。

きっちりシーツを閉め直すと、ベッドの上でノートパソコンを起動させる。ヘッドフォンをして、あるソフトのアイコンをクリックした。パソコンの画面に、いくつもの波形が現れる。立ち上がったのは、音楽ソフトだ。

ミニキーボードをUSBでつなぐと、颯太は、鍵盤を弾きながら、作りかけの曲にメロディを重ねていく。

中学の時にパソコンを買ってもらってから、一人で音楽を作る時間が、颯太にとって唯一、大切な時間だった。

音楽ソフトに音を配置していく作業は、真っ暗な夜空に星を置いていくようで、いつだってワクワクした。

『やりたいことはないわけ？』アキは不満そうに言っていたけれど、颯太は思う。本当にやりたいことっていうのは、一人でしみじみ、大切にやるもんだ。

あの三六〇度の空が見えるプールは、颯太にとって、音楽を作ることで、世界とつながることのできる秘密基地だった。誰に発表するつもりもないけれど、いいな、と思う曲が出来た時は、この世界に自分の存在を認められた気がした。

音楽を作っている時だけが、颯太にとって、自分が自分らしくいられる時間だった。

二時間ほど作業をして、颯太はベッドに倒れこむ。ここ数日間の地獄から、ようやく自分を取り戻せた気がした。

「おせえよ」

森涼介（りょうすけ）の朝は、パン屋でフランスパンを仕入れることから始まる。

彼が働く『やまびこカフェ』で出している〝バインミー〟は、フランスパンに肉や野菜を挟んだベトナムのサンドイッチで、具材を自分の好みで自由にカスタマイズできる人気メニューだ。

「おはよう」

「おはようございます」

あらかじめ用意してもらっていたパンが入った袋をさげて歩きながら、すっかりこの生活が板についてしまったな、と思う。

もう、一年か。

ベースを始めたのは、バンドをやっていた年上の従兄弟（いとこ）の影響だった。高校に入る頃には、地元でそこそこ有名なバンドに誘われ、ベーシストとしてライブをするようになった。バンドメンバーたちは十は年上で、惜しまずにいろんなことを教えてくれた。まだまだ青臭い同年代とつるむより、ずっと刺激的で充実した日々だった。そんな時に現れたのが、アキだった。

「合格！」

初対面で、そう言ってきた。

制服のポケットに両手を突っ込みながら、何の迷いもない目でまっすぐにこっちを見て、

「俺のバンド、これから組むんだけど、入っていーよ」

いくつものライブハウスをハシゴして、ベーシストを探していたらしい。

もちろん無視した。すると、嬉（うれ）しそうに笑って、

「言っとくけど、俺、しつこいよ？」

本当にしつこかった。実家の前でも校門の前でもライブハウスでも待ち伏せされ、肩を抱かれ、

「俺、森ちゃんとやりたい！」

「ね、ね、一回でいいからやらせてみて！」

人目も気にせず繰り返すから、妙な噂まで立った。

気持ちが変わったのは、バイト中にあいつがカフェに押しかけて来た時だ。パクチー盛り盛りのバインミーを注文され、渋々作っていると、アキは、店に置いてあったアコースティックギターを手にとって、歌い出した。アキの歌声が、まっすぐに飛んできた時、

あ。弾きたい。

直感的にそう思った。

レバーパテ、にんじんと大根のなます、鶏のつくね、目玉焼き、唐辛子。最後に大量のパクチーをフランスパンに挟みながら、頭の中ではもう、アキの歌に合わせて、ベースラインを鳴らしていた。

その日の夜には、バンドメンバーに頭を下げていた。

「すみません。一緒にやりたい奴ができました」

それから、『やまびこカフェ』は、アキたちのたまり場になった。

バンド名の『ＥＣＨＯＬＬ』は、やまびこという意味の『エコー』と、フランス語で

「もう一度」という意味の『アンコール』をくっつけた造語だ。

「ライブが終わった後、やまびこみたいに、アンコールの声がずっと響くようなバンドって意味。よくない？」

アキがそう言って、揉めに揉めたバンド名会議は決着した。

それから五年。五人で頑張ってきた。

アキは森のことをいつも「クールぶってカッコつけてる」とからかうけれど、アクセル全開のアキだから、自分はバンド全体を見て、必要な時はブレーキを踏める奴でいようと決めた。

ファンもついて、レーベルからアルバムを出して。やまびこみたいに続くアンコールは、去年のフェスで実現するはずだった。

けれど。

何が、アンコールだよ。

『もう一度』なんて、もう絶対、無理じゃねーか。

カフェの近くまで来て、森はため息をついた。

こんなこと思い出したのは、きっとあいつのせいだ。

昨日いきなり店に来て、「俺はアキだ」と言い張ったやばいファン。アキとは似ても

似つかない地味な、

「おはようございまーす！」

まさにそいつが、カフェの前をほうきで掃いていた。くすんだ色のポロシャツ、くすんだ色のパンツ、年下だろうに、おじさんみたいな服装で、やたらきびきびと、ほうきを動かしている。

「は？　お前何やって」

「今日からバイトでお世話になります！」

「バイト募集してねえし」

「じゃ、タダ働きでも。あ、颯太って言います。よろしく！」

地味な外見にミスマッチな、明るさと押しの強さ。

颯太と名乗るそいつは、扉を開けて、店の中に入っていく。

「は？　お前、鍵！　どうやって」

「あ、バインミーの仕込み、しておきました」

「え？」

カウンターを見ると、全ての具材が完璧に揃(そろ)っていた。

「朝から働いてたらお腹空いちゃったんで、賄(まかな)い、いただきまーす！」

森が持っている紙袋からフランスパンを勝手に一つ取ると、包丁で切り込みを入れて、レバーパテを塗り始める。

やばい。こいつ、本当にやばい。

「お前、帰れ、まじで」

「森さんのバインミー最高ですよね！　ベースなんて弾いてる場合じゃない、生まれながらのバインミーマスター！」

「あ？　いいから、お前」

カウンターから引きずり出そうとして、気づく。

颯太がフランスパンに挟んでいく具材。

レバーパテ、にんじんと大根のなます、鶏のつくね、目玉焼き、唐辛子、そして、大量のパクチー……それは、森がいつも作ってやっていた、アキがリクエストするバインミーと全く同じもので。

こいつ、なんでそんなことまで知ってんだ？

颯太は、出来上がったバインミーに思い切りかぶりつき、

「うまっ！　……ほんと良かったですね。バンド解散して。森さんも念願のカフェ店長になれて。みんなそれぞれ好きなこととして。カナさんも、思う存分、ひとりぼっち」

そう言って、試すように森を見る。

「お前……なんでカナのこと」

森の顔色が変わる。

この一年、カナのことを考えなかった日はない。

「お前、カナにまで何かしてんじゃねーだろうな？」

詰め寄ると、自信たっぷりの目をしていた颯太の顔が、突然、歪（ゆが）んだ。

「ウオオオオエッ、な、なにこれ……パクチー？」

「は？」

「僕、パクチー、無理なんですけどっ！」

「はぁ!? お前、自分で食ったんだろ？ ……おい待て、そこで吐くなっ！」

「ちょっ、ちょっと待ってください、今代わりますんで」

「代わる？」

颯太は苦しそうに、カウンターに置いてあったメッセンジャーバッグに手を伸ばした。

♫

重田幸輝は、倉庫にぼんやりと水色のペンキを塗っていた。

二つの脚立の間に渡した板は不安定に揺れるけれど、高さにも、危険さにも、もう慣れてしまった。

アキが死んだ後、外壁塗装の会社に就職した。

音楽と関係ない仕事なら、なんでもよかった。

この一年、ドラムは叩いていない。


もともとは、音楽に縁のないサッカー少年だった。

だが、誰よりも勝負に真剣なことと、融通のきかない性格が災いして、どのチームでもトラブルになった。

卑怯なことやずるいことをされた時、ついカッとしてキレてしまう。自分ではどうにも抑えられない。そんな重田の性格を知って、わざと挑発してくる奴もいた。

「シゲとは一緒にやりたくない」

中学の部活で、唯一友達と思っていた奴に、おなじみの言葉を言われた時、サッカーをやめた。自分にはチームプレーは向いていない、そう思わざるを得なかった。

ドラムを始めたのは、たまたま、としか言いようがない。

家でくすぶっている息子を母親が心配して、近所の吉井というオッサンに相談した。吉井は元は東京でミュージシャンをやっていて、今は地元の松本でバーを経営したり、野菜を育てたり、祭りの実行委員をしたり、フェスの運営委員をやっていたり、いわゆる何でも屋で、自分の経営している音楽スタジオで今度ドラム講座を始めるから来てごらん、と、誘われた。

暇つぶしに行ったが、ドラムは、意外にも楽しかった。

一つ一つ、リズムパターンを覚えていく。コツコツとした積み重ね練習は、根が真面目な重田の性格に合っていたし、正確さへのこだわりも、一人で極めていく分には誰とも摩擦を生まなかった。

できないことができるようになっていくのは嬉しかったし、気づけば、毎日動画サイトでドラマーの動画を探して、研究するのが日課になっていた。

ある日、吉井のスタジオで四時間練習をして、汗だくでドアを開けると、同じ高校の制服を着た男が待ち構えるように立っていた。それが、アキだった。

つきまとわれ、キレて追い返しても毎日現れ、しつこさに負けて、一度だけという約束でスタジオで吉井も交えてセッションをした。

ギター二人で盛り上がっているアキと吉井の後ろで、冷めた気持ちでシンプルに叩いていたけれど、ふと思い立ち、数ヶ月練習していたフィルインをこっそり入れてみた。その瞬間、アキが振り返り、ニッと笑った。

バンドを組んでからも、そうだった。重田が曲の中で新しい実験をするたびに、アキはギターを弾きながら振り返って、嬉しそうに笑った。

「好きにやっちゃえよ、シゲ」

こっちが好き勝手にやればやるほど、歌うアキの背中は、嬉しそうに跳ねた。アキを振り向かせたくて、笑わせたくて、ドラムを叩いていた気がする。一度だって、アキに笑い返したことはないけれど。

何でこんなこと、今、思い出す?

ペンキを塗りながら、シゲは舌打ちをする。

昨日カフェに来たあのバカのせいだ。

「仕事遅えよ」

いつの間にか来ていた外装会社の先輩が見上げて言った。

「ミュージシャン上がりって、ほんっと根性ねえのな」

シゲは一瞬、鋭い目を向けるが、

「すいません」

平たい声で返した。

「昼までに全部、やっとけよ」

「わかりました」

シゲがぎゅっと唇を結んで、またペンキを塗り続けていると、

「あれ？　キレないの？」

昨日カフェに来た男が、足元にいた。

「大人になっちゃって～！」

挑発するように、からかってくる。

「あ、手伝ってあげるね」

そう言いながら、勝手にペンキを塗っていく。

「おもしれーな、これ」

シゲの塗っている水色とは全然違う青で、シゲの塗った分まで塗りつぶしている。

「色っ!!」

「あ。でも、こっちのほうが綺麗（きれい）じゃね？」

シゲは思わず、刷毛（はけ）を投げつけるが、避（よ）けて、そいつは、ニッと笑った。

「来ると思った〜！」

そのガキみたいな笑顔を見て、なぜか、思い出す。

普通にしているだけで「怖い」と言われる自分に、ここまでずかずか踏み込んできた奴は。

違う。こいつとあいつを重ねるなんて。

シゲはペンキの缶を持ち上げ、狙いを定める。

「わ！　ちょっ！　それはナシっ！」

♫

「ちーす」

山科健太（やましなけんた）は昼過ぎにスタジオに出勤した。

吉井が経営するスタジオは、もともと映画館だった古い建物を再利用していて、かつてスクリーンがあった場所に機材やアンプ、ピアノが置いてある。一時間千円台で借りられるので、バンド練習や、音楽レッスン、ママさんコーラスなど、地元民に幅広い用途で使われている。

ロビーでは吉井が、今年のりんごフェスの打ち合わせをしていた。

「ようやく全ステージ揃ったね」

吉井が手にしている出演者のラインナップ表を横目で見ながら、スタジオに入った。

「いい感じです！　みなさんお上手ー！　もうプロ並！」

初心者のフォークギター講座。受講者のほとんどは、おじいちゃんだ。映画館だった時の客席はまだそのまま残っていて、ステージから指導するヤマケンと向かい合うように、生徒たちは少しずつ間隔をあけて階段状の客席に座ってギターを弾いている。

そんな生徒たちにまばらに照明が差しているのは、ちょっとシュールな光景で、不謹慎ながら、いつも心の中で思う。

天に召されたおじいちゃんたちが地上の人たちに向けてギターを弾いてるみたいだ、と。

ヤマケンはなるべく大きな声で、呼びかける。

「はい、じゃあみんなで一緒に弾いてみましょう！　C！　ジャカジャカジャカ、G！　ジャカジャカジャカ、もう一回戻ってC！　いいですよー！」

ギターをやめるつもりはなかった。

音楽以外の仕事に就くつもりも。金髪を元に戻すつもりも。

じゃあ、何をするつもりなんだと聞かれれば、何も答えはないまま、一年が過ぎた。

アキとは幼なじみだ。

小学校の入学式の日。教室で一つ前の席に座っていたのが、アキだった。

アキはクラスで一番背が高く、一番背が小さかったヤマケンの姿はアキの背中にすっぽりと隠れた。

「ヤマシナケンタ……んじゃ、お前、ヤマケンな!」

アキにあだ名をつけられてからは、アキの後を追いかけるだけでよかった。

アキは遊びを考え、次々に冒険を切り開き、ヤマケンはそれについて行く。

ジジイになるまで、そんな関係が続くんだと思っていた。

最後に会ったのは、このスタジオだった。

去年のりんごフェスの二日前の最終リハ。アキは、三曲のアレンジを変えると言い出した。

こんな直前に何言ってんだよ、アキ以外の全員が文句を言ったが、

「だって、もっとカッコいいこと思いついちゃったんだもん。せっかくフェスに出られるんだぜ? やれるのにやらねーって、そんな妥協したくねーじゃん」

アキはこういう時、絶対に譲らない。

当然、リハは深夜三時を過ぎても終わらず、アキだけは元気でダメ出しは容赦なく、空気は最悪に険悪になり、「もう一回、アタマから」というアキの言葉に誰も反応せず

にいると、

「あっ、そう。じゃ、お前ら全員クビな！」

冗談とは分かっていたけれど、その言葉に真っ先にスタジオを出て行ったのは、自分だった。

森とシゲ、カナもスタジオを出た。アキを一人残して。

早朝五時にアキからバンドのグループＬＩＮＥにメッセージが届いた。『今日、リハやり直し。１６時集合。』

一言ぐらい謝れよ、バカ。

でも、分かっていた。

みんな必死こいて練習して来るんだろうな。

文句は言ったけれど、アキの新しいアレンジは、シビれるくらいカッコよかった。

結局、いつだってアキのペースに巻き込まれる。アキに巻き込まれて、へとへとになりながらも、その背中に食らいついていけば、きっと新しい扉が開けて、見たこともない新しい場所に連れていってくれる。そんな確信があった。

でも、アキは、現れなかった。

ずっと追いかけてきたアキの背中は、嘘（うそ）みたいに突然、永遠に消えてしまった。

ストロークの手が止まっていたようで、生徒たちのギターも止まった。

「あ、すみません。えっと、じゃあ、次はマイナーコード、行きましょう」

「体験レッスンお願いしまーす！」

珍しく若い男が入ってきた。

「あ、どうぞどうぞ、ご自由に」

と招き入れて、気づく。

「お前、昨日の！」

どういうわけか、ポロシャツは水色のペンキまみれだ。

「みなさん、今日はよろしくお願いします！」

そいつはやけに礼儀正しく頭を下げ、生徒のおじいちゃんたちが「よろしくー」と声をかける。

「いやいや待て。よろしくじゃねえ」

「俺、ヤマケン先生のギター、大好きなんですよ。先生のカッティング、しびれますわー」

「いや、レッスンの邪魔だから！」

「フォークもいいけど、ヤマケン先生っていったら、こっちでしょ」

そいつは、置いてあった数本のギターの中から、迷いなくフェンダーの青いテレキャスターを手に取り、差し出した。

こいつ、なんでそれが俺のだって……

いや、アキのファンなら俺のギターくらい知ってるか。

「ちょっと生で『ＥＣＨＯＬＬ』の曲、聴かせてくれません？　ね、ね、ちょっとだけ！　ヤマケン先生の！　伝説の！　カッティング！」

なんだこの……味わったことがある、この感じ。あいつは適当に褒めて持ち上げときゃ言うこと聞くと、見くびられている、この感じ。

「ね、お願いしますよー！」

誰が乗るかよ。

「冥土の土産に！」

そう言って、おじいちゃんたちに、

「ヤマケン先生のギター聴きたい人ー？　はいっ！」

勢いよく手を挙げたそいつに、つられるように、全員が手を挙げた。

♫

「短い！」

その夜。颯太の部屋で、アキが不満げに言う。

颯太はゴーグルをつけてVRゲームをやりながら、

「三十分ですからね。戻るたびにあなたのバンドの人たち、怒ってるし、ペンキでベタベタになるし、何やらかしてるんですか」

アキは笑って、カセットプレイヤーの反対方向に二つ並んだ再生マークを見つめ、

「オートリバースってのがあってさ、A面終わったらB面に連続再生できるはずなんだけど、これ壊れてんだよ」

「いちいち三十分ごとに再生押さなきゃいけないなんて」

「俺、好きだけどな、ガチャってテープが終わる音」

カセットプレイヤーを見つめるアキの視線は、子供が一番好きなおもちゃを見ている

かのようだ。

「で？　さすがにそろそろ説得できました？　バンドの人たち」

颯太が若干（じゃっかん）の嫌味を込めて聞いたのも、通じない様子で、

「ま、あいつらがその気になんのも時間の問題だな。お前さあ、もう少し愛想良くできないの。代わるたびに、毎回、ムスッてしてたら、俺が情緒不安定に見えるだろ」

「『俺』じゃなくて、僕ですから！」

「とにかく、俺の言うとおりにすれば、全部うまくいくから」

アキはそれが当然のように言う。

そこまで言われると、何とかその自信を崩したくなる。

「これまで、人生うまくいかなかった事ないんですか？」

「ない」

「でも、死にましたよね」

「でも、復活したし。うまくいかなかったらな、うまくいかすんだよ」

さも良いことを言ったかのようにドヤ顔をキメてきた。

やっぱり、この人とは合わない。

「もう寝ます」

颯太がゲームをやめて、カーテンを閉めようとすると、

「あ！　颯太」

いつのまにか呼び捨てだ。

「寝るなら、そのゲームやらせて！」

「いやです」

「いいじゃん！　ちょっとだけ、お願い！　ね、ね!!」

もう、相手をするのもめんどくさかった。

「……データ上書きしないでくださいよ」

「おっけー」

アキは嬉しそうに言ったが、翌朝、全然オッケーじゃない事態が起きた。

「ちょっと、なんですかこれ、セーブしてるし!!」

「なにイライラしてんの。ステージ進めといてあげたのに」

「頼んでません！」

「そういえば、あの曲、お前が作ったの？」

「……は？」

「パソコンに入ってたやつ。ネットあげといた」

「!!」

血の気が引いて、ベッドから滑り降り、慌ててパソコンを開く。

「ネットって、ど、どこに」

「もったいねーよ、一人で作ってるだけなんて」

「ちょっ、どこに、どこに、どこにアップ！」

動画サイトのページに、勝手に颯太の写真をアイコンにしたアカウントが作られ、作りかけのインストがアップされていた。ご丁寧に『傑作できちゃいました。シェアしてね！』とのメッセージ付きで。

動悸が激しくなるのを感じながら、震える手で削除ボタンを探し、押す。何度もページを更新して、ちゃんと消えたことを確認する。振り向くと、

「やりたいこと、あんじゃん」

アキは、ドヤ顔で微笑んだ。

「……大っっっっっっ嫌いです!!　あなたみたいな人!!」

自分史上、かつてないほどの大声が出た。

「へ？」

颯太の反応に、アキは心底驚いたように、目を丸くする。

「一人で作って、一人で楽しんで、何が悪いんですか⁉ 気軽にアップなんかしたら、下手すりゃ散々ディスられて黒歴史ですよ！」

「え、考えすぎじゃね？」

「あなたといると、疲れるんです！」

目を丸くしたままのアキに向かってまくしたてる。

「だいたい音楽なんかで食ってける人います？ バンド解散したのだって、賢明な判断じゃないですか？ 皆さんせっかくまっとうな道歩いてるのに、今更再結成なんて、あなた以外、もう誰も望んでないんじゃないんですか⁉」

アキの顔が、少しだけショックを受けたように見えた。

怒りにまかせて部屋を出ると、廊下で父親の修一が固まっていた。かまわずに、階段を駆け下りた。

リビングで朝の情報番組の占いコーナーを見ながら、アキは思う。

すっ、げーーー、怒ってたなあ……

颯太が出て行ったため、一人で朝食をとる修一は、神妙な顔をしている。

「あ、パパごめんね。たいしたことじゃないから、心配しないで」

『今日の運勢、一番悪いのは……ごめんなさい、さそり座！』

俺じゃん。

『想いがすれ違って、大切な人と決裂の危機』

あいつと決裂したら……もし、もう体、貸してもらえなかったら……地獄、だよな。

『でも大丈夫！　あなたの運勢をアップさせるラッキーアイテムは』

修一がリモコンでテレビを消した。

「ちょっとパパ！　そこ大事なとこ！」

修一は、颯太の分の焼き鮭の皿を冷蔵庫にしまい、洗い物を始める。

アキの中で、颯太に言われた言葉がリフレインする。

『大っっっっっっ嫌いです!!　あなたみたいな人!!』

同じようなテンションで、昔、誰かにもキレられた気がする。

あれは……

そうか。カナだ。

バンドの練習にスタジオに行くと、先に着いていたカナがヘッドフォンで音楽を聴きながら、踊っていたことがあった。リズムに合わせて、体を揺らすその様子は、とても自然で、とても可愛かった。嬉しくて、こっそりスマホで動画を撮って、バンドのＳＮ

Sにアップした。

『カナ、ダンスもイケます』

二週間、口をきいてくれなかった。

いいものはいい。

なのに、なんでダメなんだよ。

颯太が作っていたインスト曲に、アキは本当に感動していた。聴いた瞬間、イメージが湧いた。

プールに張られた水に映る夜の空に、ゆっくり降ってくる星、光、氷の結晶、白い羽根。やさしくて、はかなげで、あたたかいもの。

孤独だけれど、不幸ではなくて、むしろ、満ち足りている。

そんなイメージ。

いい！　って思ったから、誰かにも知って欲しかったんだよ。それだけじゃん。

あの時アキがそう言うと、カナはさらに怒って、

「みんながみんなアキみたいな人間だと思わないで。私とアキは違うから！」

そう言った。

颯太は言っていた。今更、再結成なんてアキ以外、誰も望んでないいんじゃないか、と。

「ねえ、パパ」

アキは、修一に話しかける。

「俺……なんか間違ってる？」

「行ってきます」

修一は電話の横に置かれた写真立てに話しかけ、出勤していく。

「行ってらっしゃい」

写真立てを見ると、誕生日ケーキを前にした三歳くらいの颯太と、その両脇に若い修一、小柄で優しそうな女の人が写っている。写真にプリントされていた日付は。

お前もさそり座かよ。

♫

最後の客を送り出し、森がカフェを閉めようとしていると、ヤマケンがやってきた。

「ちょっと、飲まねえ？　シゲも呼んだ」

ビールを飲む。

「……ああ」

まもなくシゲも到着して、客のいない店内で、三人、バインミーをつまみにビールを飲む。

「なんだよ、これ?」

森が戸惑った様子で言う。

ヤマケンが差し出したなじみのライブハウスのフライヤーには、対バンイベントのスペシャルゲストに、『ECHOLL』の名前があった。

「あいつ、勝手に俺たちのライブブッキングしてる」

「はあ?」

シゲが声を上げる。森は呆れた様子で、

「アキのファンにあんなやばいのいたか?」

「知らねー」

シゲがフライヤーを握りつぶした。

一瞬の沈黙の後、ヤマケンが口を開いた。

「あいつやべーよ。本当にやべーんだけど……こないだ、あいつに言われてさ……久々、バンドの曲、弾いてみたんだよ。やっぱ……いい曲だなって」

ヤマケンの声がわずかに震える。

「アキが作った曲……俺ら、本当に、このまま、演奏しないままで、本当にそれでいいのかな」

森が黙っていると、シゲが握りつぶしたフライヤーをヤマケンに投げつけた。

「ふざけんな。決めただろ。アキがいねえならバンドやっても意味ねーって」

「……そうだよ。アキがいたから。俺ら、何にもしねえで文句言うだけで……最後の時だって。俺らがちゃんとやってたら……俺があの時、帰らなければ、リハやり直す必要もなくて、あいつは今も生きてた」

森も、シゲも、言葉を返さない。

沈黙の後、森が、ぽつりと言った。

「泣かなかったよな、カナ。葬式の時も。アキが死んでから、一度も」

すべてを拒絶するように、背筋を伸ばして唇を結んでいたカナの青白い顔。

「もうやりたくないって、カナが言って、あの時は、それでいいと思った。……でもそのせいで、カナを余計一人に、させたんじゃないか」

うつむいていたヤマケンが、顔を上げ、シゲを見つめた。

「もしアキが、今の俺ら見たら、どう思うかな」

「…………」

シゲは、表情を変えずに、背中を向けた。

「……俺はやんねー」

そう言うと、店を出て行った。

家に帰る気になれず、シゲは仕事現場に戻った。

道具の手入れを始めて、刷毛についたペンキを缶のフチで落とすと、その音が、エコーがかかったように不思議に反響した。

アキが今の俺らを見たら、どう思うか。

アキなら何て言うか。

そんなことは、分かりきっていた。

『好きにやっちゃえよ、シゲ』

アキの声が聴こえた気がして、振り向いた。

夜のつめたい風が、木々を揺らしていた。

次の日の朝。

ヤマケンと森がそれぞれの楽器を持ってスタジオに入ると、既に人影があった。ドラムのセッティングを終えたシゲが振り向く。

「……おせえよ」

ヤマケンと森が、目を合わせて、笑った。そんな風に笑ったのは、アキがいなくなってから初めてだった。

そんな三人の様子を、スタジオの客席からアキが見つめていた。

あーあ。ホント、めんどくせえ。

こいつら、いつだって、手がかかる。

アキは嬉しそうに、三人に声をかけた。

「おせえよ!」

栞屋は、カナの祖母が始めた古本屋だ。

祖母が亡くなった後は、カナの母親のしのぶが店主を務めていて、カナも時々店番をしている。古本の他にも、ちょっとした雑貨や、地元の人が作った工芸品、手作りのアクセサリーなども置いてあって、観光客がふらりと入ってくることもある。

お店と住居がつながっているので、お客が来そうにない時などは、しのぶは茶の間に引っ込んで、のんびりコーヒーを飲んでいたりする。

夕方、カナが八百屋で買ったかぼちゃを抱えて栞屋に帰ってくると、レジのカウンターに、一枚の紙が置いてあった。

手にとって見ると、高校の頃から何度も出演したことのある地元のライブハウスのフライヤーだった。

対バンイベントのゲストに『ECHOLL』の文字を見つけ、体が固まる。

フライヤーの隅に、森からのメッセージが書かれていた。

『勝手にごめん。気が向いたら来て欲しい』

カナは、もう一度『ECHOLL』の文字を見つめた。

繁華街の地下にあるライブハウスは、金曜の夜ということもあって賑わいを見せていた。キャパ一五〇名ほどの老舗。ECHOLLが初めてライブをした場所だ。

「謝ったんだから、いい加減、機嫌直せよ!」

客席で、アキは隣に立つ颯太に話しかける。颯太はムスッとしたままステージを見つめている。

「はい、無視ね。お、次だぞ」

ステージにヤマケン、森、シゲが出てきた。

客席から拍手が上がる。バンドのホームページは閉鎖したままで、告知はフライヤーのみだったけれど、昔からのファンが集まってくれたようだ。アキはステージのボーカルマイクの前に立ったヤマケンを見て、

「うわー、ガッチガチにテンパってんなー。ま、当たり前か。あいつの歌、カラオケでしか聴いたことねえし」

いたずらを仕掛けた小学生のように笑う。

ヤマケンが緊張した様子で、アコースティックギターを弾いて歌い出した。最初から声が上ずった。

タイミングが悪く、前のバンドのファンの女の子たちが、客席の前方からバーに移動したりと、会場がざわざわと落ち着かない。嫌な空気に、森とシゲが顔を見合わせた。

「代わって」

ステージを見つめながら、アキが言った。

「え？　今？」

「いいから早く」

急かされて、颯太はカセットプレイヤーの再生ボタンを押した。

颯太の姿になったアキが前髪をかきあげる。

「やっぱ、俺がいないとな！」

アキはそのままステージに直進していく。

「え？」

そして、ステージによじ登ると、置いてあったヤマケンのエレキギターを手にして、弾き始めた。

「は、お前何」

アキの乱入に、ヤマケンたちの演奏が止まったその時、アキが歌い始めた。

『ふとした時の表情が隠してる君を映すんだ
僕には分かってるんだよ
心の奥底でずっと君は手を伸ばしているんだ
僕には分かってるんだよ』

ヤマケン、森、シゲの表情が一変する。

声は違うけれど、それはまさに、アキの歌だった。

アキは、ぐるりと三人を見て、「来いよ」というように笑う。

ヤマケンが、戸惑いつつも、アコースティックギターを合わせる。

シゲと森が視線を合わせて、同じタイミングでリズムを打ち出す。

アキの歌声に引っ張られるように、ギターを弾く手に、ベースを弾く手に、ドラムを叩く手に、熱がこもる。バンドが一つになっていく。

颯太は客席から、自分の姿で歌うアキを見つめていた。

初めてアキが歌うのを聴いた。

姿は自分だけれど、全然、違う。

直接、心臓に手で触れてくるみたいな、まっすぐな歌声。

自分一人のために語りかけられているようで、聴かずにはいられない。

気持ちを持っていかれる。

ざわついていたお客たちは、いつのまにかステージの演奏を夢中で聴いていた。

その時、入り口から入ってきた人影に、颯太は驚いた。

カナだ。

カナは、ステージで歌う颯太を見て、足を止め、立ち尽くす。アキもカナに気づいた。

颯太の姿のアキは、カナを見つめ、歌う。

次の瞬間、客席の颯太の前に、過去の場面が広がった。

同じステージでの、ECHOLLの初ライブ。

満員の会場は熱気を帯びていて、アキの歌声がそれをさらに煽っていく。

アキはカナに笑いかけ、ピアノを弾くカナは、柔らかく笑って、音を奏でることが、幸せでたまらない、といった表情をしている。

客席に目をやると、現在のカナは、全ての感情を、喉の奥に飲み込んでいるような顔をしていた。

カナは、ステージから目をそらし、外に出て行った。


「カナ！」

外の道を早足で行くカナをアキが追いかける。

「カナっ！」

後ろから手を摑む。

「なんであんたが」

言いかけたカナを、颯太の姿のアキは、抱きしめた。

カナは一瞬、動かずに固まった。

アキを引き離したカナは、明らかに戸惑った顔をしていた。アキの視線から、逃げるように去っていく。

「ありがとう！　来てくれて！」

アキはカナの背中に叫ぶ。

サーッとテープの音がした。

「人の体で好き勝手、しすぎです」

自分の体に戻った颯太が言うと、

「いいだろ。来てくれたんだから」

アキは満足そうにカナの背中を見つめる。

颯太もアキの隣で、遠ざかっていくカナを見つめた。

なぜだか、切ないような気持ちになった。と、そこに、

「勝手に出ていってんじゃねーよ！」

ヤマケンが後ろから抱きついてきた。

「行くぞっ」

颯太を引っ張っていく。

「え？　どこへ？」

「かんぱーい！」

と、ヤマケンたちがビールのジョッキを合わせる。

アキまでエアーで乾杯をしている。

無理やり打ち上げに連れてこられた颯太が、カセットテープを再生しようとすると、ヤマケンに腕を摑まれた。

「お前いいじゃん、ボーカル。アキの完コピ！」

「え……」

「俺だよ！」

ヤマケンの耳元で、アキが突っ込む。

「あの、もう帰ってもいいですか」

「なんでだよ、早え（はえ）わ！」

ボケた訳でもないのにヤマケンに肩を叩かれる。森が言う。

「吉井さんが呼んでくれたみたいでさ。辻本（つじもと）さん、来てて。褒めてくれてた。ソニーミユージックの、俺らの担当だった人」

「ソニーミュージック……」

「そーよ、これでも俺らメジャーから一枚出してんだから」

　ヤマケンが得意げに言う。シゲは不機嫌そうに、

「なんでこいつが歌うんだよ。俺は認めねえから」

「別に僕じゃ」

「注文お決まりですかー？」

　店員が注文を聞きにくると、シゲはメニューを見ながら、

「唐揚げ四皿、山盛りポテト四皿、山賊焼き四皿」

「いや、一人一皿食えねえから！　山賊焼きも唐揚げだし！」

　ヤマケンがすかさず突っ込んで、森が店員に、

「こいつの注文聞かないで」

「食えるわ！」

　シゲが返すと、

「食えねえわ！」

　ヤマケン、森、アキが声を揃える。

　舌打ちするシゲを見て、アキが楽しそうに笑う。颯太はビールに口をつけながら、ア

キたちを見つめる。

この人たち、いつもこんな感じなのか。

森がビールを飲み干し、

「……カナ、来てたな」

「な！」

「遅刻だったけどな」

シゲが言う。

「走ってこいっていうんだよ、山の神のくせに」

ヤマケンが言うと、
森とアキが、思いきり笑った。

「それ、カナ一番キレるやつ！」

「……カナがいないとな」

シゲがつぶやくように言った。

森とヤマケンがうなずく。

「そういうこと」

微笑むアキを、颯太が見つめていた。

夜の道。

アキが白線の上を歩く。その後ろを颯太が歩く。

普段飲まないビールのせいか、足元がふらついている。

頭に浮かぶのは、ライブハウスで見た過去の場面。

ピアノを弾くカナの柔らかな笑顔。

今日の客席で見たカナの、硬い表情。遠ざかる背中。

思わず、言葉が出た。

「あの。延長してもいいですよ。無期限に」

「無期限？」

「あなたと入れ代わってる時。何してても誰にも見えない、誰も話しかけてこない」

「おー、まさに地獄」

「天国です」

「天国？」

「慣れるとむしろこっちの方が快適というか。映画もゲームショーもライブも並ばずにタダで入れるし、最前列で見られるし、まさに、天国です」

そう。悪くない。

「お前、変わってんな……」

アキは呆れるように言った後、

「え、無期限って一生？　この先ずっと、お前の体貸してくれるってこと？」

「その代わり、面接とか、飲み会とか、さっきみたいな無駄な人付き合いは、全部代わってください」

「え？　じゃ、俺、カナと、あいつらと、もう一回、バンドやれるってこと？」

「お好きにどうぞ。僕の時間を半分あげます。代わりに、あなたの一人の時間を半分もらいます」

「!!　颯太っ！」

アキは颯太にハイタッチをしようとして、すり抜けて転んだ。

「お前……最高だわ！」

アキの満面の笑みに、颯太も少しだけ笑った。

トロイメライ

今日はトウモロコシが安かった。今日のスープはトウモロコシのポタージュにしよう。

一日に一品、野菜のスープを作ることが、カナの日課だ。

スープのレシピだけを集めた料理本の、作ったスープのページには付箋（ふせん）をつけていて、もうすぐ全ページ制覇のゴールが見えてきた。

「ただいまー」

栞屋の店内から、実家の茶の間に入っていくと、

「おかえりー！」

出迎えたのは、ヤマケン、森、シゲ、そして……あいつ。

お茶を飲んでテレビを見ている。

「悪い、いきなり押しかけて」

森が言う。ヤマケンがフォローするように、

「久々、カナの顔でも見に行ってやるかって、みんなでさ」

こんな風に、メンバーが勝手に家に上がりこんでいることは、別に珍しくなかった。バンドをやっていた頃は。

でも今は、何かを踏み荒らされそうな、落ち着かない気持ちになる。特に、初めて上がった家で、やたらくつろいでいる様子のあいつを見ると。

「カステラ切ったわよー」

言いながら、母のしのぶが台所から出てくる。

「……勝手に上げないでよ」

「だって、手伝ってくれるっていうんだもん。おかげで早く終わりそうじゃない」

しのぶの視線を追うように縁側を見ると、店の古本が運び込まれていた。

今日は、一年に一度の虫干しの日だ。


日当たりのいい縁側に、カナが本を立てていく。

颯太もカナを横目で見ながら、真似するように本を立てていく。

「みんな！　終わったらごはんにしよーね」

しのぶが呼びかけると、茶の間でテレビを見ていたアキが言う。

「俺、あれ食いたいな。しのぶさんの、なんだっけあれ」

「スペアリブ！　しのぶさんの、久々食いたい」

聞こえないはずのヤマケンが後を引き取る。

「そう、それそれ！」

颯太は、黙々と作業しているカナの様子を横目でうかがい、初めて声をかけた。

「あの……この作業、何の意味が」

カナは、颯太の方は一切見ずに、

「虫干し」

ぶっきらぼうに答えた。

「虫干し……」

カナは本をパタパタとさせながら、

「こうやって、本に息させてあげるの。本だって、日差し浴びて新鮮な空気吸ったら気持ちいいでしょ？」

なるほど、と、颯太は、カナを真似して本をパタパタとしてみる。と、埃(ほこり)を吸って、咳(せ)きこんだ。カナがじろり、と見る。

「すみません……あ。これ、子供の頃、よく読みました」

颯太が手にしているのは、『100万回生きたねこ』という絵本だ。

「猫がひとりぼっちの野良猫になって生き生きするとこ、好きで」

「え、そこ？」

カナは、無愛想ながら、笑いたいのをこらえるような顔になった。

「代われ」

アキが颯太とカナの間に顔を出した。

颯太は少し残念な気持ちになりながら、

「ちょっと、すみません」

立ち上がり、茶の間に行くと、隅に置かれたバッグの中に手を入れ、再生ボタンを押した。

アキは何度もこの虫干しという作業を手伝っているようで、手際よく、次々に本を並べていく。人が変わったようにテキパキと働く様子を、カナが見ている。

颯太が縁側の外に立って二人の様子を見つめていると、また、目の前に過去の場面が広がった。

虫干しした本が並ぶ縁側。

高校生のアキが寝転がり、本を顔の上に乗せて、カセットテープを聴いている。

制服姿のカナが来て、

「何、サボってんの」

「休憩」

「じゃ、私も」

アキの近くに寝転がって、カナが聞く。

「ね、なんでカセットテープなの」

「あったかいだろ、音が」

「……うん。あったかくて、柔らかい」

「うちにいっぱいあって。父さんが、中学生の頃、母さんに好きな曲をあげてたんだって」

アキは、プレイヤーからカセットテープを取り出すと、カナの手のひらに乗せる。

「いいでしょ？　音楽を手のひらに乗せてる感じ」

カナは、微笑んで、うなずく。

二人は寝転がって、イヤホンを片耳ずつ分けながらテープを聴く。

目が合うと、顔を近づけて、キスをした。

そんな場面を、颯太は、ただ、見つめていた。

二人が恋人同士だったことなんて、分かっていたはずなのに、なぜかちくりと胸が痛んだ。


しのぶにご飯にお酒までご馳走になり、ヤマケンはすっかり酔って、

「ごちそうさま！　久々、めっちゃ、楽しかった〜！」

と、大声で騒いでいる。

「みんな元気そうでよかった」

栞屋の外まで見送りに来て、目を細めたしのぶに、アキが言う。

「いつもありがとね、しのぶママ」

カナが残ったおかずが入ったプラスチック容器を森に渡す。

「はい。どうせこの後、まだお店で飲むんでしょ」

「なあ、カナ」

口を開いた森を、アキが見る。

「颯太の歌、聴いただろ？」

カナはうなずきもしない。森は続ける。

「こいつとやろうと思ってる」

「……ふーん」

カナはまるで他人事のように表情を変えなかった。

「もう一回、バンド、やらないか？」

その言葉に、ヤマケンもシゲも颯太も、動きを止めて、カナの様子を窺う。

「忙しいんだよね、今。色々」

そう言うカナを、アキがすぐそばで見つめる。

「じゃあね」

カナは店の中に戻って行った。

カフェの前にある公園のベンチで、森がタバコに火をつける。

いつもなら飲み直すところだけれど、カナの反応にがっかりしたのか、ヤマケンが帰ると言い出し、シゲも去っていった。

アキは、森の隣でタバコの煙を嗅ぐ。

「匂わねー」

そのベンチは、いつもアキと森が一服するスポットだった。

「ありがとな、森ちゃん。カナのこと、気にしてくれて……まあ、聴こえないから言うけど、俺、気づいてたもんね。森ちゃんがカナのこと、ちょっと好きなの」

森は黙ってタバコを吸っている。

「なあ、森ちゃん。カナがバンド辞めたのって、俺が死んだせいだよな？　……どうしたら、前みたいな顔でピアノ弾いてくれんのかな」

森が、火がついたままのタバコを、灰皿に置いた。

アキがいる方に吸い口を向けて。

いつもそうしている、といったように。

そして、もう一本、自分のタバコに火をつけた。

「ま、頑張るわ」

そう呟(つぶや)いた森に、力をもらったように、アキは立ち上がった。

「うん。俺も頑張るわ」

カフェに向かいながら、初めてカナのピアノを聴いた日のことを思い出す。

バンド名が決まっても、カナは何の楽器ができるのか、何もできないのか、教えてくれなかった。

ＥＣＨＯＬＬのために作った最初の曲ができても、スタジオに来て、みんなの練習を興味深そうに見てはいたけれど、ギターに触ろうとも、歌おうともしなかった。

「楽器できるかもわかんない奴、バンドに誘うってどういうことよ？」

ヤマケンとシゲには散々文句を言われたけれど、聞こえないふりをした。

どんなに楽器が苦手でもいい、最終的にはタンバリンでも。

そんなことを思っていた高校の昼休み、パンを買いに行った廊下で、吹奏楽部の昼練の音に混じって、聞き覚えのあるメロディが聴こえてきた。

音をたどっていくと、それは音楽室の練習室から聴こえてくるピアノの音だった。

誰が弾いているかは、見なくても分かった。

だって、これ……俺の曲。

音楽室の小窓から覗くと、カナがＥＣＨＯＬＬの新曲を弾いていた。見たことのない柔らかな表情で、歌いながら、澄んだ音色を部屋いっぱいに響かせていた。

すげえじゃん、カナ。

すぐに抱きつきたい気持ちと、このまま聴いていたい気持ちでうずうずしているうちに、昼休み終了のチャイムが鳴った。

椅子から立ち上がったカナと目が合った。カナは目を見開き、扉を開けると、

「びっくりさせたかったのに！」

抗議するように言った。

「びっくりしたよ！」

「違う、今じゃない。もっとちゃんと弾けるまで、練習したかった！」

悔しそうにすねるカナが可愛かった。

「んじゃさ、びっくりさせようぜ。あいつら」

「え？」

「ヤマケンとシゲ。『カナ、タンバリンくらいしか無理じゃね？』って悪口言ってる」

ちょっと盛って話すと、

「いーね」

悪そうに笑った。

それからは、カナのピアノはＥＣＨＯＬＬには欠かせないサウンドになった。あんなに幸せそうにピアノを弾くカナが、音楽をやめていいはずがなかった。

いつ戻ってくるんだ、あの人は。

颯太はカフェで、店の片付けをしていた。

カナの家から店まで帰って来たものの、「ちょっと一服してくる」と外に出た森に、アキも「俺も」とついて行ってしまった。

ここのバイト、僕の仕事じゃないんだけど。

そう思いつつも丁寧に掃除を終えると、颯太は店の奥に置いてあるアップライトピアノを見つめた。通りの方を見て、まだ誰も帰ってこないことを確認すると、近づいて蓋を開ける。

いくつか鍵盤を押してみる。芯のある音がして、いいピアノだ、と思った。

椅子に座って、ぱらぱらと適当に音を鳴らした後、弾き始めたのは、シューマンの『トロイメライ』。

子供の頃、母親に教わった「夢」という意味の曲だ。

短くてとても美しい曲だけれど、子供の小さな手には難しく、結局うまく弾けなかった記憶がある。母さんは励ますように言っていた。「この曲は、大人の曲ね」と。それは多分、技術的な意味だけじゃなかったんだろうな、と、今になって思う。

十年も弾いていなかった曲なのに、不思議と指は覚えていた。

左手でファ、ド、ラ。

右手をその上に重ねるように、ファ、ド。

そう、この和音。子供の頃には、左手が届かなかったな。

そんなことを思い出しながら弾いていると、人の気配がした。

振り返ると、カナが立っている。

「え」

「忘れもの」

カナは近づいてきて、スマホを差し出した。

「違う？」

動揺しながら、受け取った。

「あ、僕のです、すみません」

……今のピアノ、聴かれていた？

恥ずかしくなり、立ち上がろうとすると、カナがすっと鍵盤に手を乗せた。

そして、右手で、颯太が弾いていたメロディの続きを弾き始める。

颯太は驚いてカナを見つめ、カナのメロディに合わせて、左手のパートを弾いた。

思いがけず連弾がはじまり、左手と右手を重ねるところで、カナの手と颯太の手がぶつかると、颯太は手を引っ込めた。

「……じゃ」

行こうとするカナを、

「あ、あの！　もう一回！」

引き止めていた。

二人で、もう一度、弾き始める。

手が重なる和音の部分に来ると、颯太が押さえた和音の上に、カナは、手が当たらないようにトリルのアドリブを加えた。

颯太もそれに応えて、楽譜にはない音を弾く。

カナが颯太が弾いたメロディを真似するように繰り返す。

転調して曲が盛り上がり、リタルダンドしてゆっくりと最後の主題に戻るところで、颯太は大げさに低い方に降りていって、ピアノの一番低いドを弾いた。

カナが笑いをこらえるような顔になった。

最後にもう一度、最初のメロディがやってきた。

颯太の左手がファ、ド、ラ。

カナの右手がその上に重ねるように、ファ、ド。

重なった二人の手が、触れ合った。

テンポを次第にゆっくりにしていき、同時にフェルマータの長い和音を弾く。

空間が美しい響きで満たされるのを充分に味わった後、颯太とカナは、最後の三つの音を、とても大事に、視線を合わせて、弾いた。

ことばのない優しい何かに、包まれているような時間だった。

曲が終わって少しの間、颯太もカナも、言葉を発しなかった。

「……じゃ、帰るね」

「あ、はい。気をつけて」

帰っていくカナに、颯太は叫んだ。

「あのっ！　明日、吉井さんのスタジオで練習だそうです！」

カナは振り返らずに、去っていった。

連弾する二人の姿が目に入った時、アキは、動けなかった。

どこかで聴いたことのある美しい曲。

一つの椅子に、寄り添った二人の背中。

颯太の左手とカナの右手が触れ合った時、胸の芯につめたいものが走った。

演奏を終えても、しばらく二人は動かなかった。

やがて、椅子から立ち上がったカナが、近づいてくる。

「あのっ！　明日、吉井さんのスタジオで練習だそうです！」

颯太が叫んだ。

カナは、振り向かなかったけれど、その頰は血色が良く、赤みが差していた。アキを見ることもなく通り過ぎていく。その姿を、声もかけられずに見送った。

カナにもう一度、ピアノを弾いて欲しかった。

でも、今のは……

サーッとテープが回る音が、どこからか聴こえてくる。

え？

そんなはずはない。自分は幽霊の体のままここにいて、颯太はプレイヤーの再生ボタンを押していないのだから。

あたりを見回して、気づく。両手にノイズのようなものが走って、どこにも触れようとしていないのに、指先から腕のあたりまでが、半透明になっていく。

「え……」

数秒間、そんな状態が続いて、元に戻った。

何だ、今のは？

「店の片付け終わりましたけど」

いつのまにか、颯太が目の前にいた。

「ああ……悪い、一服長引いて」

「そもそも、幽霊が一服っておかしくないですか」

「うるせーな、帰るぞ」

苛立(いらだ)った様子でアキが歩いて行き、颯太も続く。

アキも颯太も気づかずにいたけれど、颯太のメッセンジャーバッグの中で、カセットプレーヤーの赤いボタンが点滅していた。


次の日。スタジオでのバンドの練習。

アキは、ステージにギターを背負って立ち、颯太の体で歌いながら、客席にいる颯太を見る。

颯太はそわそわと、入り口の方ばかりを窺っている。

昨日、カナのこと、練習に誘ってたもんな。

ていうか、こいつ。

完全に、好きだよな、カナのこと。

恋愛に免疫なさそうだし、あんな可愛い子と、あんな距離で連弾したら、そりゃ、好きにもなるよな。

はあ。何かめんどくせえ。

アキがため息をつくと、サーッとテープの音がした。

次の瞬間、アキは客席にいて、ギターを背負ってボーカルマイクの前に立つ颯太を見ていた。

え？　もう三十分？

颯太はギターを弾けず、演奏が止まった。

「何やってんだよ、颯太！」

ヤマケンに言われて、

「す、すみません、ちょっと待ってください」

アキと代わろうとすると、森が言った。

「お前、ピアノも弾けんだろ？」

「え？」

「昨日、店のアップライト弾いてたし」

「え、あれ見て……」

「そんな引き出しまであんの？　聴かせてよ」

ヤマケンが颯太をピアノの前に連れて行き、マイクをセッティングする。

「はい、どーぞ！」

颯太は困ったように鍵盤を見つめている。

「代われ」とアキが言おうとする前に、颯太は、アキがさっきまで歌っていたＥＣＨＯＬＬの曲のイントロをピアノで弾き始めた。颯太のオリジナルのアレンジで。

アキが驚いて見つめる中、颯太は歌い出す。

『すし詰めのすべり台から身を乗り出しながら
　毎晩のように僕らは夜空を見上げ続けた

　誰かに気付かれるような僕らじゃなかったから
　誰かに怒られるように大声で笑い合って』

初めて聴く颯太の歌声は、繊細で柔らかで、その場の空気が、水彩画のように、ゆっくり、豊かに色づいていくようだった。

『真夜中の公園は天井が無い部屋みたいで
どんな事さえも叶えられる気がした』

ヤマケンが、颯太の歌声に返事をするようにギターの音を重ねる。森が、ベースの音を加えて行き、シゲがシンバルで優しいグルーヴを足していく。

『スタンドバイミー　スタンドバイミー
どうしようもないありったけに零し合った不安も
最後は笑いに変わってくれたように
スタンドバイミー　スタンドバイミー
どう足搔こうが変わるのさ、ほら
望むなら』

同じ曲が、アキが歌っていた時とは、まるで違うイメージにふくらんでいく。

アキは、そんな光景を、ただ見ていた。


「颯太！　ピアノもスッゲーな！」

練習が終わると、ロビーでヤマケンが興奮気味に言った。

「下手するとギターよりいいわ！」

「はあ？」

アキがその言葉に反応する。

「おい今、なんつった、ヤマケン」

「俺らに気ぃ使わなくていいから、思いっ切り、好きにやれよ。アキも、きっとそう思ってる」

「思ってない、一ミリも思ってない！」

アキが声を張り上げても、ヤマケンには届かず、

「ね、吉井さん！」

「これだろ？」

入り口横の事務室から出てきた吉井が持っていたのは、フェンダーの六十年代モデルのストラトキャスターだ。

「預かってたアキのギター、よかったら使ってやって。アキもきっと喜ぶと思う」

「おっさん!!」

アキが天を仰ぐ。

「お前の作った曲とかないの？」

ヤマケンが聞くと、

「……一応、ありますけど」

パソコンを広げる颯太の周りにヤマケン、森、シゲが集まる。

アキが声を上げる。

「もう帰るけど！」

颯太はパソコンに夢中で聞いていない。

アキは、引っ込みがつかず、スタジオを出て行った。

吉井が、颯太の前に一枚の紙を差し出した。

「え？」

「こないだ君の歌を聴いて、俺が全力でねじこんだ」

手にとって見ると、それは今年のりんごフェスのタイムテーブル。

赤字で修正された〝そばステージ〟のタイムテーブルにはＥＣＨＯＬＬの文字があった。

ヤマケンと森とシゲが一斉に吉井を見る。

「去年立てなかったステージに、今年は立ちてえだろ？」

アキの足は、栞屋に向いた。

店のカウンターでは、しのぶが店番をしていたので、店の裏手に回る。

カナは縁側に座って、就職関連の本を読んでいた。

「カナ」

返事はないが、隣に座る。

「あいつら、俺がいないと何にもできねーくせに。死んだってだけで薄情すぎ」

「…………」

「なあ、カナ。本当に就職すんの？」

「…………」

「カナ。一年って、長かった？」

「…………」

「カナ」

「…………」

アキはカナに顔を近づける。頬にキスをしても、まるで感触を感じなかった。

聞こえない。

触れられない。

生きていない。

そんな現実が、今更ながら、追いかけてきた気がした。

颯太の体を借りられなければ自分は、カナにとっても、皆にとっても、いないも同然なのだ。

カナは、本を閉じると、二階にある自分の部屋に向かう。

部屋に入ると、カナはパソコンを開き、ネット配信のドラマを見始めた。

「あれ、それもうシーズン3出てんの？　いやいや、カナ。ドラマ見てる場合？　就職活動はどうしたよ？」

少し呆(あき)れて、部屋を見回す。

カナの部屋の本棚には、変わらずカセットテープが並んでいた。

高校生の時からカナに渡し続けた、アキおすすめの曲を集めたミックステープ。

カッコいい女性ボーカル特集、九十年代セレクト、夏に聴きたい曲、冬ソング、喧嘩(けんか)した時の懺悔(ざんげ)曲特集……

カナが通学路の三十分に聴いてくれることを想像して、曲を並べていくことが、楽しかった。

一日のはじまりはこの曲、バスに乗ったらこの曲、朝寝坊で遅刻しがちなカナが校門へ走るのに合わせて、最後はアップテンポの曲。

最初は警戒心しか抱かれていなかったカナとの距離が、テープを渡すごとに近づいていった。

八本目で初めて手をつなぎ、十四本目で初めてキスをした。

ちゃんと告白をしたことはなかったけれど、ミックステープが、その代わりだった。

自分があげたテープを聴いているカナの顔を見ることが、とても好きだった。

カナの部屋に、今もそれが並んでいることに、アキはどこかホッとしていた。

「カナ、任せとけ。俺がいるから。……思うんだよね、死んでたとしても、俺にこじ開けられない扉は」

カナを見ると、パソコンの前で、両腕を枕にして、眠っていた。


夕方、アキは秘密基地にやってきた。

プールの中のベンチで、颯太がヘッドフォンをして、音楽ソフトをいじっているのが見えた。

アレンジしているのは、さっきスタジオで颯太が歌っていたＥＣＨＯＬＬの曲だ。

あいつ、勝手に。

アキは、プールの中に降りて、颯太の前に立つ。

「俺のバンドだぞ」

颯太はアキに気づくと、ヘッドフォンを外した。

「なんか言いました？　ヤマケンさんに、キーボードのアレンジ、頼まれちゃって」

「へー。よかったね」

「なんか機嫌悪いですね」

「べつに。……なんでプールの中にベンチがあるんだって思ってたけど、これ、お前が置いたの？」

「はい」

「ここにはよく来てたけど、会ったことなかったよな」

「僕、誰かの気配がすると、反対側の出口から帰るようにしていたので」

「なんだよ、お前が逃げなきゃ、生きてる間に会ってたかもしれないのに」

「会ってたら、どうなってたんですかね」

そう聞かれて、アキは考える。

もし、颯太の作った曲を聴いていたら……きっと興味を持っただろう。

友達くらいには、なってやったかもしれない。

いや。なったな。確実に。

しつこく追いかけ回して、音楽の話して、もしも、カナがいなかったら、キーボーディストとして、バンドに誘っていたかもしれない。

いや。誘ったな。確実に。

ただし、歌うのは、絶対に、俺だけど。

「どうかしました?」

「……誰かと音楽やるのも、意外とおもしれーだろ?」

「……シゲさん、普段は怒りっぽいのに、ドラムの音色は」

「そ。あいつが一番、繊細」

「森さんのベースは、気持ちよくて」

「むちゃくちゃ安心する。ふかふかの布団に包まれてる感じな」

「ヤマケンさんは、ライブの時より練習の方が断然」

「いいだろ？　緊張しいなんだよ、あいつ。俺らの前でだけ最高のプレイ見せてどうすんだって。……ま、でもそこが」

「なんか、人間ぽくて……いい」

「……わかってんじゃん」

アキは、颯太の隣に腰を下ろす。

出会った頃は、アキを完全に拒絶していた颯太の表情が、今は少しやわらいでいるように見える。

「音楽やってると、時間って平等じゃないんだなって、思いません？」

「なにそれ」

「たとえば。ほんとうに好きな曲に出会った時とか、これだ！　ってメロディが降りてきた時とか……歌声が空気と混ざって気持ちよく響く時とか……今日みたいに、誰かと音で会話できた時も……たった何秒かが、いつもの何十倍も濃くて、なんていうか……すごい、『生きてる』って感じがする」

「……スッゲー、わかるわ！　それ」

　アキが心の底から同意すると、颯太は照れたように小さく笑った。

「このカセットプレイヤー、あなたがここに落としたものなんですよね。中のテープ、もともとは何が入ってたんですか？」

「全部」

「全部？」

「バンド始めた時に使い始めたテープ。それから、曲のアイデアが浮かんだ時はいつもここでこれに」

「でも、このテープ片面三十分しかないじゃないですか」

「だから、常に、上書き、上書き」

「消えちゃうじゃないですか。別のテープ使えばいいのに」

「いーの。一生、あいつらとやってくって決めたから、この一本で。あいつらとの時間が、この一本に全部詰まってる。いいだろ？」

　誇らしげに言ったアキに、颯太が聞く。

「バンド、何がきっかけで始めたんですか？」

「ああ、それは高校の時……あれ？　……なんでだっけ」

「それだけドヤ顔で語っておいて」

「いや……なんでだ？」

思い出そうとしても、頭の中が真っ白になる。

とても大事なものを無くしてしまったような。

「幽霊が記憶喪失って、ウケますね」

「あん？　今お前馬鹿にした？」

詰め寄るアキから逃れるように、

「あ、今年のりんごフェス、吉井さんが推してくれて、出演できるそうです」

「え？　まじで!?」

「はい。……いいんですか。カナさん、このままで」

「いいわけないだろ」

「もし……カナさんが、弾きたくなるような、戻ってきたくなるような曲があったら」

アキは颯太を見つめる。

同じ場所を秘密基地にしていても、こんなことがなければすれ違うだけで、颯太と出会うことも、颯太の音楽を聴くことも、一生、なかっただろう。

だとしたら、あのテープがここでこいつに拾われたのは、何かの運命なのかもしれない。

アキは、ふう、と息を吐いた。

「しょうがねーな、手伝わせてやるよ！」

上書き

スタジオから漏れ聞こえてくるＥＣＨＯＬＬの曲をロビーで聴きながら、吉井冨士男は今でも、夢を見ているんじゃないか、と思う。

アキが事故で亡くなった時、残酷だけれど、彼らのバンドは終わったと思った。たとえ復活したとしても、以前のような力を持つことはないだろう、と。それほどに、ＥＣＨＯＬＬは、宮田アキのバンドだった。

それでも残された彼らがアキの遺志を継いで音楽を続けたいと言うなら、どんな形になっても全力で応援したいと思っていた。

ところが、あの窪田颯太という大学生が現れた。

彼がライブハウスで歌った時、鳥肌が立った。物真似でもなんでもなく、まるでアキが乗り移ったような歌声だった。

ＥＣＨＯＬＬのボーカルとしてスタジオに来る彼は、一言で言うと、クレイジーだ。まるでアキそのままの陽気で自信家の顔を見せたかと思えば、次の瞬間、おどおどと視線をそらす引っ込み思案の顔になる。まるでカセットテープのＡ面とＢ面で、人格が入れ替わるみたいに。

Ａ面とＢ面、そう思ったところでアキの顔が浮かんだ。

アキがスタジオに出入りするようになったのは、中学生の頃だ。

どこで手に入れてきたのか、ボロボロのアコースティックギターを手にヤマケンと現れて、

「おっさん、俺たち十年後、絶対スッゲーことになってるから、スタジオ空いてる時、タダで練習させて！」

もちろん追い返したが、しつこく通われて、名盤なんか貸してやってるうちに、居座られちまった。

「おっさん、一番高いテープちょうだい！　どれだけ重ねて録音しても、劣化しないやつ」

高校生になったアキが嬉しそうに言ってきた時のことを覚えている。うちで売ってる

カセットテープは、アキのために仕入れているようなもんだった。

「そんなもんはねーよ。劣化はする。人と同じ。でもま、これなら割と持つだろ、高音質のテープ。片面三十分のやつでいいか？」

「うん」

「何をそんなに録音するんだ」

「俺らのバンドの曲」

「バンド始めるのか？」

「そ。名前も決まった」

アキは新しいカセットテープのフィルムを開けて、シールに、ＥＣＨＯＬＬと書いた。

「エチョール？」

「エコール！　この一本に、俺らの時間、全部上書きしていく。いいでしょ？」

アキがいつも曲のアイデアを吹き込んでいたあのカセットテープは、アキの遺品からは見つからなかった。

一体、どこに行っちまったんだか。

「お疲れ様です」

颯太が通り過ぎた。目を合わせず、猫背で出口へ向かう。

今日は、Ｂ面か。

♪

フェスに向けて、慌ただしい日々が始まっていた。

颯太はアキと一緒に新曲作りを始めた。

曲のアイデアを出し、歌詞のアイデアを出し、曲の途中で入れ替わっても困らないように、颯太もギターを練習する。

森がバンドのホームページやＳＮＳを復活させると、ファンからは、あたたかい励ましのメッセージが次々に届いた。

ヤマケンは新たなリーダーとしてバンドをまとめようとしていたし、シゲは音楽に専念するために会社を辞めた。

止まっていた時間が動き出していた。

アキと颯太の曲作りは、揉めに揉めた。お互い誰かと一緒に曲を作ったことなんてない。

お互いに譲らず、お互いにダメ出しをしまくって、口もきかない状態にもなった。

それでも、『カナがまた音楽をやりたくなるような曲』という目的に立ち返ると、アキも颯太も、いくらでもアイデアが湧いてきた。

ようやく新曲ができた時には、フェスまで二週間を切っていた。

スタジオで初めて新曲をヤマケンたちに聴いてもらう。

パソコンから流れる音源を目をつぶって聴く三人の姿を、颯太とアキは並んでじっと見つめる。

曲が終わると、ヤマケンが真っ先に、

「めっちゃ、いいな！　新曲」

森もうなずいて、

「うん。いいよな、シゲ」

「……ま、いーんじゃね？」

仏頂面で言うシゲを見て、颯太とアキはよし！　とガッツポーズをする。

「あとはカナだけだな。データ送っとくわ」

と、パソコンを開く森に、

「いや、カナに聴かせるなら」

アキが言いかけて、

「カセットテープ」

颯太と声がかぶった。颯太が続ける。

「カセットテープがいいと思います」


颯太の家のリビングで、アキは新曲を録音したカセットテープを見つめていた。

「明日カナをデートに連れ出して、そこで渡す」

「デート……僕とカナさんが」

「俺とカナがだよ！　お前はエアーでギター練習しとけ。まだ全然弾けてないだろ」

「あなたみたいにずーっと、ギター弾いてる人とは違うんですよ」

「俺だってギター最初に触ったのは……」

アキの言葉が止まる。

「やっぱり、思い出せないんですか？　昔のこと」

「あいつらとバンド組む前のこと考えると……」

アキは、こめかみを押さえる。

やっぱり、思い出せない。

「あれ？　誰かいるのか」

修一が帰ってきた。部屋の中をうかがう。

「いや……ゲーム、してただけ」

颯太は取り繕う。

「ああ……ゲームか」

修一は、テーブルの上のカセットテープに気づくと、

「お、カセット。懐かしいなあ。知ってるか？　ゲームも、昔はカセットテープに入ってたんだぞ」

「え？」

アキと颯太が同時に聞き返した。

「あの頃じゃカセットテープが一番身近な記録メディアだったからな。メシ、ちょっと待っててくれるか。父さん、汗かいたから先風呂入るな」

修一は風呂場へと向かう。

「記録メディア……」

　颯太がその言葉を繰り返す。

「……そういうことか」

「そういうこと？」

「ずっと疑問に思ってたんです。どうして入れ代わっている時に、あなたの過去が見えたりするのか」

「俺の過去？」

「この前、言ってましたよね。このカセットテープに、バンドのみんなとの大事な思い出が詰まってるって」

「ああ」

「このテープを再生させたら、あなたが出てきたってことは、あなたって幽霊というよりは、あのテープに込められた記憶が具現化したものなんじゃないですか」

「え？　どういうこと？」

　ついていけない様子のアキに説明しようと、颯太は、ノートを取り出し絵を描く。

「人間っていう入れ物に入っている中身が『記憶』だとします」

　アキに似た人間の絵。その脳みその部分に矢印を引いて、『記憶』と書く。

「カセットテープっていう入れ物に入っている中身があなたの『思い出』」

アキの絵の隣にカセットテープの絵を描き、中に巻かれている黒いテープに矢印を引いて、『思い出』と書く。

「この『思い出』、イコール」

颯太はアキを指差す。

「俺が……あのテープに入った思い出？」

「あのテープって、バンドを始めた時に使い始めたものなんですよね？」

そう……ＥＣＨＯＬＬと書いたテープに、あのプールで初めて曲を吹き込んだ時のことは、覚えている。

俺があのテープに録音された思い出？

「そう考えると、テープにバンドの曲を吹き込む以前の記憶がないってことも説明できます」

「……なるほど。確かに。おお、お前、頭いーな！　……で？」

「で？　って……それだけですけど」

「なんだよ！」

記憶喪失の理由はその仮説でスッキリしないこともないけれど。幽霊ですらない、となると、自分の存在がひどく頼りないものに思えて、それはそれで落ち着かない。

「……なあ。カナに言ったらどう思うかな」

「何を」

「俺がいるって」

「……信じないと思いますけど」

「そっか。ま、そうだよな」


その日の朝。カナはいつものように台所にいた。

しのぶが起きてきて、

「あら、きれいな色」

「でしょ？　今日はにんじんのポタージュ」

カナは、スープのレシピ本に目をやる。

今年の春先、しのぶの仕入れについていく形で久しぶりに外出した時、この分厚いレシピが目に留まった。たまたま開いたページにあったジャガイモの冷製スープを、作ってみたいな、と思った。それから、毎日、スープを作り続けた。繰り返し作ったスープもあれば、一度しか作らなかったスープもあった。

作ったことのあるスープのページには付箋を貼り、それでも、全ページを制覇する日が来るなんて、思っていなかったけれど、その日は、あっけなく来た。

カナがにんじんのポタージュのページに付箋を貼ると、しのぶが、

「ついにコンプリートしちゃったわね」

「だね。次は何しよっかな」

スープをよそおうとすると、チャイムが鳴った。

「こんな時間に？　誰かしら」

「あ、いいよ、私出る」

カナが店のカーテンを開けると、目の前で颯太が手を振っていた。ガラス戸を開ける。

颯太は人懐っこい笑顔で、

「今日暇？」

「べつに……」

「んじゃ、デートしよ！」

「……いいよ」

土産物屋が並ぶ善光寺の仲見世通りをカナと歩く。

いろんなことがありすぎて、かなり久しぶりのデートに感じる。

今朝、意外にもあっさりカナがオーケーしてくれた時、

「おっし！」

アキはガッツポーズをし、その後ろで、颯太も小さくガッツポーズをした。

「準備してくる」

と、カナが家の中に戻って行った時、ガラス戸に映った自分の姿に気付いた。

カナがデートをオーケーしたのは、颯太の姿の自分……つまりは、デートを誘った颯太に対して『いいよ』と言ったことになる。

颯太の姿をした自分の隣で、カナは今、定番土産の七味唐辛子を好みの配分に調合してもらっている。楽しそうな、普通の女の子の顔で。

なんだよ、それ。

こいつとデートって、どういうことだよ？

複雑な気持ちでカナを見ていると、サーッとテープの音がして、颯太と入れ代わった。

「僕も作ってもらおうかな」

颯太がおずおずとカナに言う。

「いや、お前割り込んでくるな。さっさと代われ」

そう言いながら、アキは颯太とカナの間に割り込む。

「ちょうどうちの七味が切れていたので」

「作ってもらえば？」

カナが言う。

「じゃ、僕もお願いします」

颯太が店員に声をかける。

「おい、お前がデート楽しんでどうするんだよ、代われ」

「あ、山椒(さんしょう)多めで」

「聞いてんの？」

と、アキが颯太の耳元で言う。

「私、ゆずと胡麻(ごま)も入れたよ」

カナが言うと、

「じゃあ僕もゆずと胡麻」

「無視すんなよ、おい、颯太！　代われ！　代、わ、れ！」

颯太は、本当に迷惑そうにバッグに手を入れると、再生ボタンを押した。

できたてホカホカの〝おやき〟を一つずつ買って、ベンチで食べる。おやきは、小麦粉で作った皮でいろんな具材の餡を包んだ長野のソウルフードだ。

「うまっ、やっぱ野沢菜、一択だよな」

アキが言う。

「つぶあんもおいしいよ」

「つぶあんなんて、ほぼ焼きまんじゅうだろ」

「焼きまんじゅうって何」

カナが笑う。

「あ、そうだ、飲む？」

カナがバッグからマグを取り出した。

「なにそれ」

「にんじんスープ。今朝、作ったの持ってきた」

「カナが？　またまたー、料理なんてしないくせに！」

「じゃあいい」

「うそうそ！」

サーッとテープの音。

「いただきます」

スープを受け取ったのは、颯太だ。

「なんだよ、もう！　なあ、なんか代わるタイミング早くなってねえ？」

アキの質問には答えず、颯太は、スープを一口飲むと、

「あ、おいしい」

「ほんと？」

カナが安心したように、

「お母さん以外に飲んでもらったことないから」

「おいしいです。時間をかけて、だいじに、丁寧に作られた感じがして」

「……ひたすら野菜刻むの。そういうの、なんか好きで」

「それすごいわかります。僕も小さい頃、時計分解して組み立ててまた分解してまた組み立てて、何時間でも」

「わっかんねー、なにその暗い遊び」

アキが呆れたように言うが、カナは、

「うん。わかるそれ」

「え？　わかるの？」

「無心になれる時間が、好きなのかも」

　颯太が言うと、カナがうなずいた。

「マイペースに、一人でいる時間、好き。昔から」

　そうつぶやいたカナを、アキが見つめる。

　確かに、アキがバンドに引っ張り込む前のカナは、フェスも一人で参戦して、登下校も一人で、他人とは群れずに、自分の世界を楽しんでいるように見えた。

　でも、一人が好き、と言われると、自分たちとつるんでからの時間を否定されているようで、むなしくなる。

「僕もずっと、一人で音楽作ってる時間、好きで」

　颯太がカナに言った。

「誰にも聴かせないで？」

「はい。『承認されたくない欲求』ってあると思うんですよね」

「うん、ある。絶対」

　カナが笑う。

「でも、中三の時、けっこういいなと思える曲ができて……僕、何を思ったのか、動画サイトにアップしてみたくなって」

「……したの？」

「はい。そしたら、速攻で……」

「もしかして……これ？」

カナが親指を下にする。

「それです。速攻、削除しました」

アキは颯太の顔を見る。

だから、あんなにキレられたのか。

「ハート弱すぎ、ですよね」

「……私も」

「え」

「え」

アキと颯太が同時に声を上げる。

「中学生の時、何を思ったのか、ピアノの演奏動画、アップしてみたくなって」

アキがカナを見つめる。聞いたことないぞ、そんな話。

「したんですか？」

　颯太が聞くと、

「うん。そしたら、速攻で……」

　颯太が遠慮がちに親指を下にする。

「……これ？」

「それ。速攻で削除した」

「………」

「ハート弱すぎ」

「………」

　颯太とカナは、何かをこらえるように黙ると、弾けるように笑った。笑い出すと止まらず、お腹を抱えて、笑い続けた。


「あ、あれお母さんに似合うかも。ちょっと見てくる」

　カナが雑貨屋に入って行く。

「俺の彼女だぞ」

　アキがクレームをつけると、颯太は、一瞬、考え、

「あなたの彼女、ということは、僕の彼女でもありますよね」

「……は？」

「僕の体を二人で分け合っていくんですから、彼女も二人で共有するってことですよね？」

「……そういうことじゃないだろ！　……あ、お前、俺に一生体貸すって、カナ狙い？　最初からそのつもりだったんだろ！」

「冗談ですよ、冗談」

「まったく、冗談に聞こえない！」

だって、お前完全にカナ好きだろ。

でもカナは……

俺のものだ、と、今は自信満々に言い切れない自分がいた。

ランチを食べて、通りがかった古本屋やレコード屋を見て、公園を散歩した。

颯太の姿をしたアキが、コーヒーを買って戻ってくると、日が落ちかけた木陰で、カナが居眠りをしていた。

隣に寝転がり、カナを見つめる。

カナ。今、俺をどう思ってる？

死んで一年も経ったら、もしかして、もう忘れた？

カナの指先に触れる。柔らかい感触。カナは動かない。

顔を近づけ、唇が触れそうになった時、カナが、目を開いた。

カナは、そのまま、拒否はしなかった。そのことが、アキをひどく動揺させた。

カナ。俺、今、颯太なんだぜ。

アキが体を離して起き上がると、カナもゆっくりと体を起こした。

「新曲、作ったんだ」

ポケットから、新曲を録音したカセットテープを差し出す。

「フェスで、一緒にやろう」

カナは、カセットテープを見て、そして、硬い声で答えた。

「フェスには出ない。バンドはもうやらない」

「カナがいなきゃ意味がない」

アキは、カナをまっすぐに見つめる。だが、カナは目をそらす。

「もともと向いてなかったの。音楽でやっていこうなんて思ってなかったし。なのにいつも……あいつのペースに巻き込まれて」

「……『あいつ』」

颯太の体で会いに行ってから、カナが『アキ』という名前を口にするのを、一度も聞いていない。

「今の生活の方が、私には合ってる。もう忘れたの。前に進みたい」

淡々と言うカナに、アキは、たまらず身を乗り出して、

「カナ。俺、本当は」

サーッとテープの音。

カナが、続く言葉を待っている。

「……あの」

颯太が口を開こうとすると、

「今日はありがとう。帰るね」

カナは立ち上がった。

「え？　いや、送ります」

「一人で大丈夫」

カナは、颯太を残して去っていく。

遠ざかっていくカナを、アキは見つめた。息を吸って、アキは、歌い出した。

聴こえなくても、届かなくても、今、カナに、歌いたかった。

『すぐそばで笑えるのに
ここからじゃ遠すぎて
この歌も　この声も
風のようには届かない』

カナがバス停のベンチに座っていると、風が木の葉を揺らす音がした。
朝からの一日を思い返していた。颯太と一緒にいると、不思議と落ち着く自分がいた。
でも。
颯太といると、たまらなく懐かしくて、泣きそうになる時があった。
それはまるで……
風と木の音の間を抜けて、アキの歌声が、かすかに聴こえた気がした。

『誰よりずっと　まだずっと
今日だって想(おも)ってるんだよ
こんな近くにいるのに

心なら触れていたのに』

その歌は、高校生の時、アキがバンドのために一番最初に作った曲だ。
高校の音楽室でこっそり練習した。
アキを驚かせたくて、喜ばせたくて。
アキの歌と一緒に、ピアノを弾きたくて。

『誰よりずっと　まだずっと
今日だって想ってるんだよ
目を閉じればいつだって
君を抱きしめているのに
ただ風だけが君の涙を撫(な)でてる』

ぎゅっと口を結び、顔を上げると、目の前に颯太が立っていた。
「カナさん。連れて行きたいところがあるんです」

秘密基地の上には、もう星が出ていた。

「ここ、僕のお気に入りなんです。星がよく見えるから」

颯太がプールサイドに座ると、カナも腰を下ろす。

水のないプールを見つめ、颯太は話しだす。

「僕の母……ピアノの先生だったんです。中学の時に、亡くなって……担任が、みんなに言ったんです。あいつ、可哀想だから、仲良くしてやれって。それで特に親しくもない人たちが話しかけてきたり。なんていうか、僕は……放っておいて欲しかった。そういう時、ここでひたすら、星の数、数えてた」

カナは、颯太の横顔を見つめて、星を見上げた。

「……つまんないことで喧嘩して、それが最後」

カナがつぶやくのを、アキは金網のそばで聞いた。

「何でもいいの。走ったり、野菜刻んだり、夜中までドラマ見たり……何かしてないと……何かしてないと……おかしくなりそう。一秒でも時間が空いたら、考えちゃうから。もう、二度と……『アキ』に」

その名前を口にするだけで、涙がこぼれた。

「アキに……もう会えないんだって」

アキの目の前で、カナの背中が震えていた。

「誰かと一緒に音楽やる楽しさも、仲間も、全部、アキがくれたから……一つだって、忘れたくない……アキがいないとダメなの」

そう言うと、カナは、子供のようにしゃくりあげて泣いた。

アキは、そんなカナの背中を見つめた。

俺は、バカだ。

バンドの再結成より何より、一番先にやるべきことがあったのに。

信じてもらえなくてもいいから、今すぐカナに伝えたい。

ここにいるって。そばにいるって。

今すぐ抱きしめてやりたい。

けれど、カナに触れたのは、颯太だった。

遠慮がちに、カナの背中に手を置いて、

「いいじゃないですか。忘れなくても。……星って、一度は離れても時が経てば巡って、また同じ位置に来るでしょ？　そんな風に、大事な人も、大事なことも、たぶん、消えたりしないんだと思うんです。……小さい頃、母に教わったトロイメライを、またカナさんと一緒に弾けたみたいに」

カナが、嗚咽しながら、颯太の肩に顔をうずめた。

颯太は、不器用にも、カナを抱きしめた。

アキは、二人から目をそらした。

その視界に、赤いランプが見えた。

颯太のバッグの中のカセットプレイヤー。

再生を押してもいないのに、テープが回っていた。

同時に、アキの両手が、ノイズがかかったように半透明に透け始めた。

点滅しているのは、『録音』の赤いランプだった。


バスの最終便も無くなって、颯太とカナは夜の道を歩いた。

会話はなかったけれど、気まずさもなくて、カナは颯太の隣で歩く一歩ごとに、気持ちが落ち着いていくのを感じていた。

栞屋の前まで来ると、

「……あ。これ」

颯太は、ポケットからカセットテープを取り出した。

「聴かなくていいです。でも……持っててもらえませんか。ヤマケンさんも、森さんも、シゲさんも……僕たちも。みんな、カナさんのこと、想ってるから」

差し出されたテープを、今度は受け取った。

「おやすみなさい」

「おやすみなさい」

颯太と別れ、店に入ると、テープを見つめた。

前に進みたい。

そう思っていても、ＥＣＨＯＬＬから、アキから目をそらしたまま前に進めるのか、カナには分からなかった。

颯太が言ったように、アキを忘れずに、それでも、ふつうに生きていく自分の姿は、まだ想像ができなかった。

けれど、この一年間、口にすることもできなかったアキの名前を呼んで流した涙は、ただ悲しいだけではなかったように思えた。

右手に、久しぶりに感じるカセットテープの重さ。

『いいでしょ？　音楽を手のひらに乗せてる感じ』

高校生の頃聞いたアキの言葉に背中を押されるように、ケースを開けた。

中に入っていた折り畳まれた紙を広げる。

……何で。

それは、手書きの歌詞カード。

忘れるわけがない。

その文字は、どう見たって、アキが書いたものだった。


翌日。スタジオでは、フェスのリハが行われていた。

アキは、颯太のバッグのなかのカセットプレイヤーを見つめている。

「カナ、曲聴いてなんて?」

セッティングをしながら、森が颯太に聞く。

「新曲のテープは渡したんですけど、多分、まだ聴いてもらえてないと思います」

「……カナとなんかあったのか?」

「いえ……」

颯太が答えられずにいると、

「タラタラしてんなって。やるよー」

ヤマケンが皆に声をかける。

「通しで。頭から」

「あ、ちょっと待ってください」

颯太がバッグを開け、カセットプレイヤーに手を伸ばした時、スタジオの扉が開いた。

入ってきたのは、カナだ。

ヤマケンがはしゃいだ声を上げる。

「カナっ！　おっしゃー、これでみんな揃（そろ）ったな！」

「おせーんだよ」

シゲが言う。

「おかえり。……カナ？」

森が話しかけるのも聞こえない様子で、カナは、まっすぐに颯太のところに歩いてきた。そして、颯太の腕を摑（つか）む。

「……なんで？」

颯太の手には、アキのカセットプレイヤーが握られている。

「なんで、これ、持ってるの？」

「これは……たまたま」

「アキなの？」

「え……」

「いるんでしょう？　アキ」

カナは、颯太の腕をぎゅっと握る。

「バカみたいだけど……一緒にいると、時々……そばにいる気がして」

カナは、颯太の目の奥を覗き込むように
「アキ、アキ、ずっと会いたかったんだよ」

「代わって」

アキが言った。

「颯太、代わって」

「何言ってんだよ、カナ」

森が、カナを颯太から引き剝がす。両手でカナの肩をつかみ、

「しっかりしろよ！　アキはもういねーんだよ！」

「でも」

「いねーんだって!!」

「…………」

ヤマケンが、間に入るようにして、あえて明るく笑う。

「わかるよ。気持ちわかるけどさ！　……死んだ奴いつまでも引きずってたって、しょうがないじゃん」

それでもカナは颯太を見る。

すがるように、答えを待っている。

「……。僕は」

颯太は、カナを見つめ、

「僕は、アキさんじゃない」

バッグを掴み、カナの横を通り過ぎると、颯太はスタジオを飛び出した。

早足で行く颯太を、アキが追いかける。

「颯太」

颯太はかまわず歩いていく。

「何逃げてんだよ」

「別に逃げてなんかないですよ」

「で？　またあのプールで、星でも数えんの？」

「は？」

颯太が足を止めた。

「いーよな。何かあったら、すぐ自分の部屋に逃げ帰って一人で自分に『いいね！』押してりゃ、傷つかねーしな。……ダッセエ」

「あんたにそんなこと言われる筋合いねーよ！　偉そうなこと言っていつも人巻き込んで、結局、一人じゃ何にもできないだけだろ！」

颯太は、バッグからカセットプレイヤーを取り出す。

「いくらでも代わってやるよ」

颯太は、カセットプレイヤーをアキに投げつけた。

「言えばいいだろ！　カナさんにもみんなにも。あんたがいるって！」

プレイヤーはアキをすり抜け、音を立てて地面に落ちる。蓋が開き、中のテープが飛び出した。

「そしたら……そしたら、全部解決するから」

「……解決なんてしねえよ」

そう言ったアキの声は、ひどく、冷めて聞こえた。

「は？」

「見ろよ、そのテープ」

アキの視線を追う。地面に落ちたカセットテープ。

「え……」

拾い上げると、カセットの中に巻かれた黒いテープの大部分が透明になっていた。

「これ、どういう……」

「こないだ、言ってたよな。このテープが、俺の、バンドの思い出だって。それが、消えたってことじゃね？」

「消えたって……なんで」

「……上書き」

「上書き？」

「お前だよ」

「え？」

「お前に入った俺や、お前が、あいつらやカナと、新しい記憶を作った。カフェで、スタジオで、ライブハウスで、栞屋でも。上書きされて、過去の俺の思い出が消えた」

颯太は、残りわずかの長さになった黒いテープを見つめる。

「じゃあ……もし、このテープが全部透明になったら……」

「俺が、テープに入ってた思い出そのものなら……全部上書きされた時に、消えるんじゃねーの？」

風が吹く

アキはあてもなく歩いていた。

誰にも聞こえない。誰にも見えない。誰も話しかけてこない。

……何が天国だよ。

高校の近くまで来ると、ギターケースを背負った制服の学生たちが、りんごフェスのフライヤーを見ながら、はしゃいで通り過ぎた。

『これまで、人生うまくいかなかった事ないんですか？』

颯太が、いつだかそう聞いてきた。

全部自分が、うまくいかせてきたと思っていた。

でもこうして傍観せざるを得ない立場になると、これまで見えていなかったものが見えてくる。

ヤマケンは俺よりもずっとギターを練習していたし、森ちゃんは俺よりもずっとバンド全体のことを考えてくれていたし、シゲは俺よりもずっと、バンドの曲を大事に育ててくれていた。

カナの本質は、きっと颯太に似ていて、好きなものとマイペースに関わっていきたい性格のはずなのに、無理をして俺のペースに合わせてくれていたことも、きっとたくさんあったんだろう。

うまくいっていたのは……あいつらがいたから。

あいつらが、ついてきてくれたから。

俺がいなきゃ、何もできないと思ってた。でも、そうじゃないなら。

俺がいなくても、この世界が回っていくなら、死んだ俺が戻ってきたことに、何の意味があるんだろう。

大学に来たのは、久しぶりだった。颯太が教室に入ると、

「ねえねえ、ＥＣＨＯＬＬの新しいボーカル、窪田くんなんでしょ」

話したこともないクラスの子たちに話しかけられた。

「ホームページのライブの動画見たよ、めっちゃかっこいいじゃん」

「歌うますぎ。感動した」

「窪田くんが入ったおかげでECHOLL再結成したんでしょ？」

「すごいよね。りんごフェス、絶対、見に行くから」

僕じゃない、全部、アキがしたことだ。

解散していたバンドを復活させたのも。

吉井さんを動かして、フェスに出られることになったのも。

ひとりぼっちになっていたカナさんの心を開かせたのも。

なのに、あの時カナさんに「アキなの？」と聞かれて、たまらない気持ちになったのは、アキが入っていないこの自分を、認めて欲しかったんだろう。

いつの間にか、あの人たちの仲間にでもなったつもりで。

カナさんにとって、特別な人にでもなったつもりで。

スマホが鳴った。

あれから、ヤマケンさんと森さんから、何度もメッセージや着信が来ていた。

『こないだのこと、気にすんなよ』

『とりあえずメシ行こう』

『飲み行くぞ』

『明日フェスの最終リハな。待ってるから』

颯太はスマホを見つめ、文字を打っていく。


「颯太から返事は？」

森が聞く。ヤマケンもシゲも答えない。

あれから、何度も颯太にメッセージを送った。返事は来ないまま、フェスはもう明日に迫っている。

スタジオはすっかり重い空気だ。

と、三人のスマホが同時に鳴った。全員がバンドのグループチャットを見る。

『フェスには出ません。バンドも辞めさせてください。』

続いて、颯太がグループを退室したとのメッセージが表示された。

「またかよ……」

ヤマケンがスタジオの床に座り込んだ。

「結局、また壊れんのかよ、俺たち」

森がため息をついて、両手を腰に当てる。シゲが席を立った。

「おい」

「シゲ？」

シゲは乱暴に扉を閉め、スタジオを出ていった。


アキが栞屋に来ると、カウンターで、カナがぼんやりと店番をしていた。

ガラス越しに見つめていると、アキの横を人影が通り過ぎた。

戸を開け、中に入ったシゲは、カナの正面に立つ。

「あれから颯太とは？」

カナは、首を振る。

「あいつ、バンド辞めるらしい」

「え……」

「あいつ……アキじゃねーけどさ。あいつの後ろで叩いてると俺……なんか、笑えんだわ」

「…………」

「それだけ」

シゲはきびすを返し、アキのそばを通り過ぎて、帰っていく。

その姿を、アキは見つめた。


その夜。

カナは縁側に座っていた。

雨が降っていて、空に星は見えない。

アキは、正面に立ってカナを見つめる。

もし、このままでいれば。

颯太がバンドを辞めて、颯太に体を借りることもなく、カナとあいつらに関わることもなく、このままでいれば。

こうやって、話すことも触れることもできなくても、見守り続けることだけは、できるのかもしれない。

「ごめん」

カナがぽつりと言った。

「……ごめん、颯太」

カナは立ち上がると、家の中に入って行く。

アキがカナの部屋に来ると、カナは、本棚に並べられたミックステープを箱の中にしまっていた。

アキがプレゼントしたテープを、カナは黙々と片付けて行く。

一本のカセットテープに手が止まった。

『2013 RINGO FES』

アキが一番最初にプレゼントしたテープだ。

カナは、そのテープをしばらく見つめると、ピンクのカセットプレイヤーに入れた。

どこか覚悟したような顔で、再生を押した。

サーッというテープの音がして、音楽が流れ出す。

次の瞬間、アキの目の前に過去が広がった。

思い出せなかった過去が。

2013年のりんごフェス。

白いTシャツを着て、髪を一つに結んだカナが、アキを追い抜いて、走る。子鹿のように。

高台から見下ろすステージ。カナは、微笑み、音楽に合わせて跳ねる。アキも跳ねる。

ヤマケン、森、シゲも声を上げ、手を挙げ、跳ねる。

五人が一列に並ぶ。

涼しい風が森の奥からステージに向けて吹いて、アキたちの髪を揺らす。

窓ガラスを雨が打つ。

アキが部屋に帰ると、颯太はベッドの上で本を読んでいた。

「ただいま」

颯太はアキを見ようとしない。

「バンド、辞めるんだって?」

颯太は答えない。

「それでいいわけ?」

「別に一人でも音楽は作れますから」

本から目を上げずに答える。

「お前はそうやって、このままカナと、あいつらと、一生、二度と会えなくて、それでいいのかって聞いてんだよ」

「元の生活に戻るだけだし……それに、カナさんが必要としてるのは僕じゃ」

「お前だよ」

アキは言い切った。

「あいつらが必要としてるのも」

「………」

「もう、俺じゃない」

雨の音がいっそう強くなる。

颯太は本から顔を上げた。

「何が言いたいんですか。どうしろって言うんですか。僕がこれ以上、カナさんやみんなと会ったら、あなた、消えちゃうかもしれないんですよ？」

「……思い出したんだよ。何であいつらとバンド始めたのか」

アキは、その光景を見ているかのように、微笑む。

「高二の夏、フェスで初めてカナと会った。俺の右側には、あいつらがいて、左側にいる知らないその子は、夢中でステージ見て、跳ねて、ああ、本当に音楽が好きなんだなって。……その時思った。聴いてる人をこんな顔にさせるバンド、やりたいって。その瞬間が、俺が生きてて、一番濃かった時間」

「………」

「あのステージのあっち側でそんな時間、味わえるなら俺、死んだって……違うな。俺きっと、もう一回だけ、スッゲー、生きるために、戻ってきたんだわ。あいつらと。お前と一緒に」

「僕は……」

「もう一回だけでいい。お前の体、貸してくれ」

「僕は、あなたを上書きしたくないっ」

叫んだ颯太を、アキは、どこか優しい目で見つめた。

颯太は目をそらして、ベッドに入る。

「明日、最終面接があるんです。約束通り、面接に行ってもらいます」

それだけ言うと、布団をかぶった。カーテンの仕切りもせずに。

翌朝起きると、アキはもういなかった。

リビングで修一が作った朝食を食べていると、突然、玄関を叩く音がした。

「颯太！　俺！」

修一が颯太の顔を見る。

颯太は立ち上がり、玄関に行って、戸を開ける。

「おはよ！」

ヤマケンが顔を出した。

「……言いましたよね。僕は」

「アキはさ。小学校んときからリーダーで、ヒーローで、俺はただ、あいつの後ろ、ついていきゃよかった」

ヤマケンの顔から、いつもの笑みが消える。

「……でも今は違う。俺ら、お前のおかげで、やっと前に進めたんだよ。颯太。お前と一緒に新しいバンド、作りたいんだ」

「……。迷惑なんです」

「迷惑かけるよ！　だからお前も迷惑かけろよ！　好きなだけ！　俺、お前らのこと、引っ張ってくから！」

それ以上、向き合っていられず、颯太は玄関の戸を閉めた。

「待ってるからな！」

最後はいつもの明るい声で言って、ヤマケンは去って行った。

リビングに戻った颯太は、スーツの上着とカバンを手にする。

「どこ行くんだ？」

「面接」

「……いいのか？」

「行ってきます」

「おいっ」

修一が颯太の肩に手を置き、すぐに離した。

「いや……俺も、母さんも、応援してる。頑張ってこいよ」


同じ頃。

カナは、ベッドの上に座って、空になった本棚を見つめていた。

ミックステープは押入れにしまってある。

いつかはまた聴ける日が来るのかもしれない。颯太が言うように。星が一巡りしたら。

ジョギングウェアで外に出たカナは、イヤホンをして、新曲のカセットテープをプレイヤーに入れ、再生を押す。

小雨が降る中、走り出した。

最終面接の会場はビルの一番上の階の役員室だった。一人、椅子に座る颯太の前に、四人の役員が並んでいる。

「では、志望動機をお願いいたします」

「はい」

緊張の面持ちで颯太が立ち上がる。

再生ボタンを押して、アキを呼び出すこともできた。でも、それはしなかった。

「私が学生時代に培ったのは、周囲のペースに惑わされず一つのことをやりきる集中力です。その集中力を生かして、御社で是非、やらせていただきたい仕事は……僕が、やらせていただきたいことは……」

言葉が詰まる颯太に、人事部の男性が助け舟を出す。

「最終面接だと緊張するかな？　今まで通りでいいから」

「今まで通り……」

役員の一人が穏やかに言う。

「君の話、よく上がってきてたね。君がいると、面接の場がとても盛り上がるって。ほら、君のモットー、『自分にこじ開けられない扉はない』だっけ？」

「それは……僕じゃありません」

「え？」

「僕じゃないんです」

颯太の言葉に、場の空気が固まる。

「何言ってるの？」

「違うんです。それは僕ではなくて」

「じゃあ、誰だっていうの？」

「その人は……僕の前に突然、現れて、ずかずか踏み込んできて、いつもペース乱されて、本当めんどくさくて、迷惑なんですけど」

そう。最初は地獄でしかなかった。

「でも……その人のせいで、会うはずのなかった人たちと会って、気づくと、違う自分がいて……」

思い出すのは……

日が当たる縁側。

古本の匂い。

１００万回生きたねこ。

「まるで……本棚の隅にずっとしまわれていた本が、日差しと風を浴びたみたいに」

ヤマケンさんと、森さんと、シゲさんと生みだす音楽。

トロイメライ。

カナさんの右手と重なった左手。

いつも自信満々に笑ってる、アキの笑顔。

「僕は……気持ちが良かった」

颯太は声を震わせる。

そして、頭を下げると、部屋を飛び出して走り出した。


２０１９年、りんごフェス会場。

午前中に降っていた雨は上がり、太陽が顔を出し始めた。

アキは、会場を歩きながら、見つめる。

音楽を聴きながら、精一杯おしゃれをした若者たちや、ビール片手にくつろぐ大人たちや、まだ歩き始めたばかりの小さな女の子が、小さな足を踏みしめて、リズムに乗る様子を。

〝そばステージ〟の舞台袖では、グッズのマフラータオルを巻いた吉井が頭を抱えていた。

「ボーカルが来ねえ？　もう呪いだな、そりゃ。カナちゃんは？」

「新曲、カセットテープに入れて渡したんですけど」

森が首を振る。

「テープか。アキ、好きだったもんな」

「似てんすよね。アキと颯太。全然違うけど、どっちも自分だけの世界持ってて。だから強くて。俺は……そういうの、ないから。せめて、支えられたらって。でも、また結局、何もできなかったです……ダッセ」

「……何も、ってことはないだろ」

「え？」

「知ってるか？　カセットテープって、上書きしても、前に録音した音が下の層に残ってるって」

「え？　そうなんすか？」

ヤマケンとシゲも話に耳を傾ける。

「音が層になって重なってる。だから、残ってるんだよ。上書きされても、聴こえなくても。全部の時間が」

会場に着いた颯太が辺りを見回すと、同じく息を切らし、走ってきたカナと目が合った。

「カナさん」

「会いに来た。颯太に」

カナは、颯太の目をまっすぐに見つめる。その手には新曲のカセットテープがあった。

「この曲。一緒にやりたい」

颯太は、うなずいて、気づく。

そんな二人を、アキが見つめている。

颯太は、カナ越しに、アキに向かって、

「ごめんなさい。僕がやりたくて来ました。この人たちと……あなたと」

その言葉に、アキはうなずいた。

カナと舞台袖に入ると、ヤマケンが叫んだ。

「あーっ！」

「遅れてごめん」

カナが謝ると、

「遅れてねえよ。これからだろ！」

森がカナに言って、シゲが「おせえよ」と颯太の頭を叩く。

「あの。皆さんに、大事な話があります」

颯太は、カセットプレイヤーを取り出す。

もし、これが最後なら。

ちゃんと伝えるべきだ。

アキさんはここにいる。今でも、皆を想ってる。

「実はこれ、本当にアキさんのものなんです」

「え？」

「は？」

カナも、ヤマケンたちも驚いた顔をして、続く言葉を待っている。

「代わって」

颯太が振り向くと、アキはどこか覚悟を決めた顔で、

「俺が言う」

「…………」

颯太は、うなずいて、再生ボタンを押す。

「何の音もしねえけど」

「なんで颯太がアキのプレイヤー持ってんだよ」

「『なんで』？」

颯太に入ったアキは、ヤマケン、森、シゲの顔を順番に見て、そして、照れたように笑った。

「実は……偶然拾って、手放せなくなっちゃいまして」

「え……」

驚く颯太の前で、アキは続ける。

「だって僕、このバンドの一番のファンだから。このバンドがすごく、好きだから。だから……これからも、新しい曲、重ねて行きたいんです」

アキは、カナを見て、颯太を見て、そして、笑った。

「上書きしましょう。アキさんを」

ＥＣＨＯＬＬの名前がコールされ、大きな拍手の音が聞こえてきた。

ヤマケン、森、シゲが、声を上げ、ステージに向かっていく。

アキがカナに声をかけた。

「行こう。カナさん」

カナがうなずく。

アキは、カナの背中をパンと叩き、ステージに送りだす。

「アキさん！」

颯太が駆け寄ると、アキは右手を挙げた。

目が合うと、もう言葉は出てこなかった。

颯太も右手を挙げた。

触れられないはずなのに、颯太の右手には、確かに、アキと強く手を合わせた感触があった。

アキは髪をかきあげ、ステージに向かう。

照明の光の中で、一瞬だけ颯太を振り返ると、勢いよく駆け出した。

颯太は客席に走り出し、ＥＣＨＯＬＬのステージを見つめた。

歓声の中で、アキが歌い出した。

颯太と二人で作った歌を。

『離さない
君をそこから未来へ連れ出すよ
その目に映す世界を僕らが変えるんだ

抱えた傷の痛みも強さに変わるから
いつかの君が笑ってる
そうやって進みだそう』

アキは歌いながら、笑っていた。
ステージを駆け回るヤマケンを見て。
珍しくはしゃいでジャンプする森を見て。
相変わらず煽(あお)ってくるシゲを振り向いて。
誰よりしあわせそうにピアノで音をつむぐカナを見て。

『君が迷い、彷徨(さまよ)った時も
立ち止まってしまった瞬間も

僕がその手を引いて導くよ　ずっと　ずっと
ひとりきりじゃ叶(かな)えられないって
君が僕に教えてくれたんだ
あの日思い描いてた未来へ行こう　行こう』

アキがステージから颯太を見た。
颯太も一緒に歌った。
二人の声が重なった。
アキが笑う。

『この声を
この言葉を
この歌を
ずっと』

気づくと、颯太はステージに立っていた。

もう、どこにも、アキの姿は見えない。
もう、アキはいない。
カナがピアノを弾く。
颯太がカナのピアノのために作ったメロディを。
そして、颯太は。力強く歌い出す。

『包(くる)まって、遮っていた
そんな日常に光が射(さ)した
僕は輝いていたい
真昼の星座のように
永遠を歌うから
響け

此処(ここ)に立って映してる世界は
夢に見ていた僕らの世界だ
あの日思い描いてた未来を越えて　越えて

回り始めた僕らの世界で
変わり始めた僕らの世界を
もう笑って僕らはどこだって行こう　行こう』

新しいＥＣＨＯＬＬの音楽が会場を満たしていく。

拍手と歓声がエコーのように響いて、空気が振動する。

『この声を
この言葉を
この歌を
ずっと』

風が吹いて、颯太たちを通り抜けた。

どこからか、アキの声が聞こえた。

「さよなら」

本文デザイン／関 静香（woody）

本書は、集英社文庫のために書き下ろされた作品です。

集英社文庫　目録（日本文学）

集英社文庫　目録（日本文学）

大橋　歩　くらしのきもち
大橋　歩　おいしいおいしい　テーブルの上のしあわせ
大橋　歩　日々が大切
大前研一　50代からの選択　ビジネスマンは人生の後半にどう備えるべきか
大森寿美男　重松清・原作　アゲイン　28年目の甲子園
岡崎弘明　学校の怪談
岡篠名桜　浪花ふらふら謎草紙
岡篠名桜　見ざるの天神さん　浪花ふらふら謎草紙
岡篠名桜　雪の夜明け　浪花ふらふら謎草紙
岡篠名桜　芝居巡り　浪花ふらふら謎草紙
岡篠名桜　花の懸け橋　浪花ふらふら謎草紙
岡篠名桜　屋上で縁結び
岡篠名桜　日曜日のゆうれい　屋上で縁結び
岡篠名桜　縁つむぎ　屋上で縁結び
岡田裕蔵　小説版ボクは坊さん。
岡野あつこ　ちょっと待ってその離婚！　幸せはどっちの側に？
岡本嗣郎　終戦のエンペラー　陛下をお救いなさいまし
岡本敏子　奇跡
小川　糸　つるかめ助産院
小川　糸　にじいろガーデン
小川貢一　築地魚の達人　魚河岸三代目
小川洋子　犬のしっぽを撫でながら
小川洋子　科学の扉をノックする
小川洋子　原稿零枚日記
小川洋子　平松洋子　洋子さんの本棚
荻原博子　老後のマネー戦略
荻原　浩　オロロ畑でつかまえて
荻原　浩　なかよし小鳩組
荻原　浩　さよならバースディ
荻原　浩　千年樹
荻原　浩　花のさくら通り
荻原　浩　逢魔が時に会いましょう
荻原　浩　海の見える理髪店
奥泉　光　虫樹音楽集
奥泉　光　東京自叙伝
奥田亜希子　左目に映る星
奥田英朗　東京物語
奥田英朗　真夜中のマーチ
奥田英朗　家日和
奥田英朗　我が家の問題
奥田英朗　我が家のヒミツ
奥山景布子　寄席品川清洲亭
奥山景布子　すてこ　寄席品川清洲亭　二
奥山景布子　づぼらん　寄席品川清洲亭　三
長部日出雄　古事記とは何か　稗田阿礼はかく語りき
長部日出雄　日本を支えた12人
小沢一郎　小沢主義（オザワイズム）　志を持て、日本人

集英社文庫　目録（日本文学）

- 小澤征良　おわらない夏
- おすぎ　おすぎのネコっかぶり
- 落合信彦　モサド、その真実
- 落合信彦　英雄たちのバラード
- 落合信彦・訳　第四帝国
- 落合信彦　狼たちへの伝言2
- 落合信彦　狼たちへの伝言3
- 落合信彦　誇り高き者たちへ
- 落合信彦　太陽の馬(上)(下)
- 落合信彦　運命の劇場(上)(下)
- ハロルド・ロビンス　落合信彦・訳　冒険者たち　野性の歌(上)
- ハロルド・ロビンス　落合信彦・訳　冒険者たち　愛と情熱のはてに(下)
- 落合信彦　王たちの行進
- 落合信彦　そして帝国は消えた
- 落合信彦　騙し人
- 落合信彦　ザ・ラスト・ウォー
- 落合信彦　どしゃぶりの時代　魂の磨き方
- 落合信彦　ザ・ファイナル・オプション　騙し人II
- 落合信彦　虎を鎖でつなげ
- 落合信彦　名もなき勇者たちよ
- 落合信彦　小説サブプライム　世界を破滅させた人間たち
- 落合信彦　愛と惜別の果てに
- 乙一　夏と花火と私の死体
- 乙一　天帝妖狐
- 乙一　平面いぬ。
- 乙一　暗黒童話
- 乙一　ZOO 1
- 乙一　ZOO 2
- 古屋×乙一×兎丸　少年少女漂流記
- 乙一　荒木飛呂彦・原作　The Book　jojo's bizarre adventure 4th another day
- 乙一　箱庭図書館
- 乙一　Arknoah 1　僕のつくった怪物
- 乙一　Arknoah 2　ドラゴンファイア
- 乙川優三郎　武家用心集
- 小野一光　震災風俗嬢
- 小野正嗣　残された者たち
- 恩田陸　光の帝国　常野物語
- 恩田陸　ネバーランド
- 恩田陸　FEBRUARY MOMENT　ねじの回転(上)(下)
- 恩田陸　蒲公英草紙　常野物語
- 恩田陸　エンド・ゲーム　常野物語
- 恩田陸　蛇行する川のほとり
- 開高健　オーパ！
- 開高健　風に訊け
- 開高健　オーパ、オーパ!!　アラスカ・カナダ　カリフォルニア篇
- 開高健　オーパ、オーパ!!　アラスカ至上篇　コスタリカ篇
- 開高健　オーパ、オーパ!!　モンゴル・中国篇　スリランカ篇
- 開高健　知的な痴的な教養講座

集英社文庫　目録（日本文学）

開高健　風に訊け ザ・ラスト
開高健　青い月曜日
海道龍一朗　華、散りゆけど 真田幸村 連戦記
海道龍一朗　早雲立志伝
加賀乙彦・津村節子　愛する伴侶を失って
垣根涼介　月は怒らない
柿木奈子　さいはてにて やさしい香りと待ちながら
角田光代　みどりの月
角田光代・佐内正史　だれかのことを強く思ってみたかった
角田光代　マザコン
角田光代　三月の招待状
角田光代・松尾たいこ　なくしたものたちの国
角田光代他　チーズと塩と豆と
角幡唯介　空白の五マイル チベット、世界最大のツアンポー峡谷に挑む
角幡唯介　雪男は向こうからやって来た
角幡唯介　アグルーカの行方 129人全員死亡、フランクリン隊が見た北極

梶よう子　柿のへた 御薬園同心 水上草介
梶よう子　お伊勢ものがたり 親子三代道中記
梶よう子　桃のひこばえ 御薬園同心 水上草介
梶井基次郎　檸檬
梶山季之　赤いダイヤ(上)(下)
片野ゆか　ポチのひみつ
片野ゆか　ゼロ！ 熊本市動物愛護センター10年の闘い
片野ゆか　動物翻訳家 心の声をキャッチする、飼育員のリアルストーリー
かたやま和華　猫の手、貸します 猫の手屋繁盛記
かたやま和華　化け猫、まかり通る 猫の手屋繁盛記
かたやま和華　大あくびして、猫の恋 猫の手屋繁盛記
かたやま和華　されど、化け猫は踊る 猫の手屋繁盛記
かたやま和華　笑う猫には、福来る 猫の手屋繁盛記
かたやま和華　ご存じ、白猫ざむらい 猫の手屋繁盛記
加藤元　四百三十円の神様
加藤千恵　ハニー ビター ハニー

加藤千恵　さよならの余熱
加藤千恵　ハッピー☆アイスクリーム
加藤千恵　あとは泣くだけ
加藤千穂美　エンキリ おひとりさま京子の事件帖
加藤友朗　移植病棟24時
加藤友朗　移植病棟24時 赤ちゃんを救え！
加藤実秋　インディゴの夜
加藤実秋　チョコレートビースト インディゴの夜
加藤実秋　ホワイトクロウ インディゴの夜
加藤実秋　Dカラーバケーション インディゴの夜
加藤実秋　ブラックスローン インディゴの夜
加藤実秋　ロケットスカイ インディゴの夜
加藤実秋　学園王国 インディゴの夜
上遠野浩平・荒木飛呂彦・原作　恥知らずのパープルヘイズ ―ジョジョの奇妙な冒険より―
金井美恵子　恋愛太平記1・2
金子光晴　金子光晴詩集 女たちへのいたみうた

集英社文庫

サヨナラまでの30分（ぷん） side:ECHOLL（サイド エコール）

2020年１月25日　第１刷　　定価はカバーに表示してあります。

著　者　大島里美（おおしまさとみ）

発行者　徳永　真

発行所　株式会社 集英社
東京都千代田区一ツ橋2-5-10　〒101-8050
電話　【編集部】03-3230-6095
【読者係】03-3230-6080
【販売部】03-3230-6393（書店専用）

印　刷　凸版印刷株式会社

製　本　凸版印刷株式会社

フォーマットデザイン　アリヤマデザインストア　　マークデザイン　居山浩二

ISBN978-4-08-744074-4 C0193